| Talmud is great wisdom |

탈무드

누군가에게 무엇인가를 나누어 줄 수 있다면 당신은 부자입니다.
무엇인가 소유한 것이 있다면 나누어 주십시오.
줄 수 있는 사람은 행복한 사람입니다.

소중한 마음을 담아 (   )님께 드립니다.

국립중앙도서관 출판시도서목록(CIP)

탈무드 : 삶을 바꿔주고 변화시키는 지혜의 책

지은이 : 마빈토케이어 ; 엮은이 : 정다문

—— 서울 : 풀잎, 2013

 p. ; cm

원표제: Talmud

원저자명: Marvin Tokayer

영어 원작을 한국어로 번역

ISBN 979-11-85186-03-0 03890 : \10000

탈무드[Talmud]

239.3-KDC5

296.12-DDC21   CIP2013023370

삶을 바꿔주고
변화시키는 지혜의 책

탈무드

2013년 11월 10일 초판 발행

지은이 마빈토케이어 ◐ **엮은이** 정다문 ◐ **펴낸이** 안대현

◐ **펴낸곳** 풀잎 **등록** 제2-4858호 ◐ **주소** 서울특별시 중구 필동로8길 61-16 (예장동)

◐ **전화** 02_2274_5445/6 ◐ **팩스** 02_2268_3773

디자인 디자인스튜디오 203 대전

※ 잘못된 책은 바꾸어 드립니다

ISBN 979-11-85186-03-0 03890

| Talmud is great wisdom |

탈무드

엮은이 | 정다문

도서출판
예름

탈무드를 출간하며

지혜만큼 삶을 밝혀주는 것도 없습니다. 지혜를 주는 책 가운데 탈무드만한 책도 없습니다. 탈무드를 탄생시킨 나라 이스라엘은 작은 면적의 나라이지만 약소국이라고 깔보는 사람은 드뭅니다. 그러면 유태인이 오늘날과 같은 국력을 갖게 된 힘은 어디에서 나온 것일까요?

이 책의 저자인 마빈 토케이어는 유태인의 힘을 '학문에의 집착, 권위에의 도전, 낙관이 바탕이 되는 불굴의 정신, 자기 확립'이라는 네 가지 요소로 분석하고 있습니다. 5000년의 긴 역사에서 유태인은 자신을 지키기 위해 창과 무기를 만드는 대신 학문의 길을 닦았습니다. 자신들을 지키는 방법으로 학문의 터를 이룩한 것입니다. 유태인은 학문을 함으로써 유태인이 되었고, 학문을 가르침으로써 유태인임을 자부했습니다. 이러한 교육의 힘이 바탕이 되어 오늘날 사막에 오아시스를 건설하고 꽃을 피운 것입니다.

탈무드는 유대교에서는 '토라(Torah)'라고 하는 '모세 5경' 다음으로 중요시 하는 책인데, 4세기 말경에 편찬된 '팔레스타인 탈무드' 혹은 '예루살렘 탈무드'와 메소포타미아에서 6세기 경까지의 지혜를 편찬한 '바빌로니아 탈무드' 두 종류가 있습니다.

현재는 '바빌로니아 탈무드'가 더 권위있고 중요시되어 일반적으로 '탈무드'하면 이 '바빌로니아 탈무드'를 말합니다.

탈무드는 권수로는 모두 20권이며, 1만2천 페이지 분량에, 단어의 수만도 무려 250여 만 개 이상이며, 그 무게가 75kg이나 되는 엄청난 분량의 책입니다. 탈무드는 기원전 500년부터 기원후 500년까지 천년 동안이나 구전되어 온 것을 수많은 학자들이 10여 년에 걸쳐 수집, 편찬한 책입니다. 탈무드는 법전은 아니지만 법률이 있고 역사책이 아니지만 역사에 관한 내용도 들어 있으며, 인명사전은 아니지만 많은 인물들이 망라돼 있습니다. 그야말로 백과사전과 같은 역할을 하고 있는 것입니다.

이 탈무드 한 권 속에 인생은 무엇이며, 또한 인간의 존엄이란 무엇인가. 행복은 무엇이고, 사랑은 무엇인가에 대한 유태인들의 온갖 지적 재산과 정신적 자양분이 모두 담겨 있습니다.

이 책에서는 탈무드가 전하고자 하는 내용에 충실하면서도 독자들로 하여금 읽는 재미와 감동을 더해 주기 위해 탈무드에 없는 글도 함께 실었습니다. 그리고 탈무드의 글과 혼동하지 않기 위하여 '탈무드 밖의 이야기'란 제목을 달아 놓았습니다. 모쪼록 이 한 권의 탈무드가 당신의 가슴에 지혜를 가득 담아주기를 바라며...

2005년 6월에 엮은이 정다문

| Chapter 1 | 인간관계를 열어주는

마음의 탈무드

14_ 무엇이 되든
16_ 죽음조차도 이기지 못하는 것
17_ 호수가 살아 있는 이유
18_ 목숨을 구한 작은 선행
20_ 다른 사람을 배려하는 마음
22_ 그렇다면 오늘은 나도
24_ 따뜻한 손
26_ 자기의 모든 것을 걸어야만 얻을 수 있는 것
29_ 장님의 등불
30_ 선과 악의 동행
31_ 참된 효도란
32_ 하늘이 정한 사랑
34_ 이런 마음으로 산다면
36_ 형제애
38_ 우는 이유
41_ 영원한 생명을 주어도 좋을 사람
42_ 착한 사람
44_ 신은 그녀의 눈물을
45_ 칭찬의 힘
47_ 여자의 힘
48 사랑을 위한 기다림
50_ 언약에 대한 증인
54_ 현모가 시집가는 딸에게

55_ 가장 아름다운 것
56_ 사랑의 체온
59_ 개를 뒤뜰에 묻어야 하는 이
62_ 어머니의 마음
63_ 자식 된 도리
64_ 당신이라면 어떻게 하겠는가
67_ 겉모습보다는 담긴 내용이 좋아야
70_ 사랑한다면 이들처럼
73_ 누군가에게 아낌없이 자선을 베풀면
78_ 사랑을 지킨 부부
80_ 양쪽의 말을 존중한 후에
83_ 죽은 뒤에도 늘 함께 있는 친구
85_ 항상 자기가
86_ 양보를 했더라면
88_ 마음을 읽는 무언극
91_ 벌거숭이로 태어났다가 벌거숭이로 가는 것
92_ 감사하는 마음
94_ 구두를 벗는 이유
95_ 동전
96_ 작별인사
98_ 마음 속에 있는 궁전

| Chapter 2 | 인생을 밝혀주는

희망의 탈무드

102_ 정성이 먼저
103_ 육체와 영혼을 합하면
105_ 집중력의 차이
107_ 강자
108_ 전화위복이 있는 인생
110_ 무한한 가능성을 지닌 인생
112_ 겸손하면
114_ 내 후손을 위해
116_ 책에 대한 어느 랍비의 유서
117_ 사회의 규율이 지켜지지 않기 때문에
119_ 복수와 미움의 차이
121_ 세 사람의 경영자
124_ 약속을 지키면
126_ 지식은 무형의 재산이다
128_ 남자의 일생
129_ 하느님이 맡기신 보석
130_ 준비하는 자만이
133_ 정당함의 차이
135_ 절망에서 희망 찾기
137_ 자기 억제를 잘하고 있다는 것
138_ 진실로 두려운 것

140_ 용서를 구하는 방법
142_ 물건을 사고파는 사람을 위해
143_ 사고팔기
144_ 다리우스의 매듭
146_ 물건을 살 때에도
147_ 소유권
148_ 다이아몬드를 돌려주는 것은
152_ 벌금의 규칙
153_ 불공정한 거래
155_ 소중한 시간
157_ 먹이를 잡아먹기는 하지만
158_ 셋째 딸의 말을 믿지 않은 이유
160_ 혀의 중요함 1
162_ 혀의 중요함 2
163_ 혀의 중요함 3
164_ 독서는 지식의 보고
166_ 책꽂이는 머리 쪽에 놓아야
168_ 무엇을 가지고
169_ 혀가 강하다는 증거
172_ 용기를 잃는 일은
173_ 희망을 버리지 않으면

| Chapter 3 | 삶을 변화시키는

지혜의 탈무드

176_ 물 속에서 숨을 쉬어야 했던 것처럼
177_ 6일째 만들어진 인간
180_ 교육의 중요성
181_ 유서로 남긴 지혜
184_ 지갑 찾기
187_ 딸을 학자에게 시집보내기 위해서는
188_ 자신을 살린 지혜
190_ 손을 꼭 쥐고 있는 이유
191_ 결론이 나오지 않은 이야기는
192_ 계약
195_ 균형
196_ 언제 하느님이 부르실 지 모르니
198_ 사치를 잠재운 지혜
200_ 솔로몬 왕의 재판
203_ 탈무드가 위대하다는 증거
204_ 태아보다 산모가 먼저
207_ 비유태인을 위한 7계
208_ 태어났을 때보다 영원히 잠들었을 때
210_ 아무 것도 보이지 않는 곳에서
211_ 오른쪽도 왼쪽도 아닌 가운데
212_ 한 가정의 평화를 위해
214_ 어느 나라에도 속해 있지 않는 바다
216_ 꼬리와 같은 지도자를 선택해서는
219_ 아버지의 유산 찾기
223_ 늦잠꾸러기 깨우는 법
225_ 태양조차 쳐다볼 수 없으면서
226_ 자루를 제공해 주기 전에는

227_ 악마가 인간에게 준 선물
228_ 사형
229_ 아무 짝에도 쓸모없는 것은 없다
231_ 상대를 좋게 보는 마음
234_ 가장 강한 사람은
235_ 법률
236_ 신이 남긴 것
238_ 원기 왕성한 나이에
239_ 법률과 붕대
240_ 조화할 수 없는 어울림
241_ 암시(暗示)로부터 생기는 꿈
242_ 천국행, 지옥행
245_ 허용되는 거짓말
246_ 함께 사는 방법
248_ 가르치는 사람의 중요성
249_ 생활의 안정도 얻지 못하면서
250_ 삶을 사는 방법
252_ 무엇 때문에
253_ 진실이란
254_ 각기 다른 시각
255_ 거룩한 것
257_ 득보다 실이란
258_ 자백이 무효인 이유
259_ 물레방아
260_ 잡초
262_ 즐겁게 일하기

| Chapter 4 | 촌철살인

탈무드 명언

266_ 인간
267_ 인생
269_ 평가
273_ 벗
274_ 여자
276_ 술
277_ 돈
278_ 가정
280_ 교육
282_ 악(惡)
283_ 죄
284_ 중상(中傷)
285_ 판사
286_ 동물
287_ 처세(處世)

| Chapter 1 | 인간관계를 열어주는
마음의 탈무드

인생에서 가장 아름다운 순간은
아무도 알아듣지 못하는 두 사람만의 말로
두 사람만의 비밀이나 즐거움을
함께 이야기 하고 있을 때이다. - 괴테

무엇이 되든

다음은 카네기의 인생론에 있는 글입니다.

 '그대여! 그대가 만약 언덕 위에
소나무가 될 수 없다면,
골짜기의 섶나무가 되어라. 냇가의 가장 좋고 아름다운
나무가 되어라. 관목(灌木)이 되어라.

그러나 그대가 만약 소나무가 될 수 없다면,
또 관목이 될 수 없다면, 작은 풀이 되어라.
풀이 되어 길가를 보다 아름답게 만들어라.

그대여! 그대가 만약 꼬치고기가 될 수 없다면
농어가 되어라. 그러나 호수에서
가장 팔팔한 농어가 되어라.

옛날이 좋다고는 하지만 결코 그럴만큼 좋지는 않았을 것입니다.
좋고 새로운 날은 여기 오늘에 있지 않습니까.
그리고 더 좋은 내일이 다가옵니다. 우리들의 가장 찬란한 노래는
아직껏 불리워지지 않았습니다. - H. 험프리

그대 만일 큰 길이 될 수 없다면
아주 작은 오솔길이 되어라.
그대 만약 태양이 될 수 없다면 별이 되어라.

그대여! 그대도 알겠지만 사람들 모두가
선장이 될 수는 없다. 선원이 되는 사람도 있을 것이다.
그러나 누구에게나 무언가 할 일은 있다.
큰 일이 있는가 하면 작은 일도 있다.
그리고 누구나 자기에게 주어진 그 일을 해야 한다.

실패와 성공은 크기에 달린 것이 아니다.
무엇이 되든 가장 좋은 것이 되면 되는 것이다.'

죽음조차도 이기지 못하는 것

세상에는 열두 개의 강한 것이 있습니다.

우선 돌을 들 수 있습니다. 하지만 돌은 쇠에 의해
깎이고 쇠는 다시 불에 의해 녹아 버립니다.
또 불은 물에 의해 꺼져 버리고 물은 구름 속에
흡수되어 버립니다. 그 구름은 바람이 불면 날아가 버리지만,
바람은 절대 사람을 날려 버리는 일은 할 수 없습니다.
그런 사람도 공포에 의해 처참하게 일그러져 버리지만,
공포는 술로 제거되고 맙니다. 그러한 술도 잠에 의해서
깨지만 그 잠 역시 죽음만큼 강하지는 못합니다.

하지만 하지만,
이 죽음조차도 사랑의 마음을 이기지는 못합니다.

인생에서 가장 아름다운 순간은 아무도 알아듣지 못하는 두 사람만의 말로
두 사람만의 비밀이나 즐거움을 함께 이야기 하고 있을 때이다. - 괴테

호수가 살아 있는 이유

유태인은 세계의 민족 가운데
가장 자선을 중요시하는 민족입니다.
그럼에도 불구하고 오늘날에도
어떤 유태인은 자선을 할 것을 권하든가,
강요받지 않으면 하지 않는 사람이 있습니다.
그런 사람을 만날 때마다 한 랍비는
다음과 같은 이야기를 들려주곤 합니다.

이스라엘의 요르단 강 가까이에는
두 개의 커다란 호수가 있습니다.
하나는 사해(死海)이고 다른 하나는
히브리어로 '살아 있는 바다'라 불리는 호수입니다.
사해는 어느 곳에서도 물이 들어오지 않지만
어느 곳으로 나가지도 않습니다.
반면에 '살아 있는 바다'라 불리는 호수는
물이 들어오면 반드시 나가는 물이 있습니다.

아름다운 것은 선하고 선한 자는 곧 아름다워진다. - 샵포

목숨을 구한 작은 선행

 작은 보트를 가진 남자가 있었습니다.
어느 해 여름이 지난 후 남자는 보트를 보관하기 위해
육지로 끌어 올렸는데, 바닥에 작은 구멍이 뚫려 있었습니다.
그는 내년 여름이 오면 고쳐야겠다고 생각하고는
페인트공을 불러 새로 칠만 했습니다.
다음해 여름이 오자 그의 두 아들은
보트를 호수에 띄우고 싶어 했습니다.
그는 보트에 작은 구멍이 뚫려 있던 것을
까맣게 잊어버리고는 아들들이 보트를 타도록 허락했습니다.

두 시간 정도 흐른 뒤에야, 그는 보트에 구멍이
뚫려 있었다는 사실을 기억해 낼 수 있었습니다.
게다가 그의 두 아들은 불행히도 헤엄을 칠 줄 몰랐습니다.
크게 당황한 그가 호수를 향해 막 뛰쳐나가려는 순간,
마침 두 아들이 보트를 끌고 들어오는 것이 보였습니다.
그는 두 아들을 와락 끌어안고 안도의 한숨을 쉰 후
보트를 살펴보았습니다.
뚫려 있던 작은 구멍은 말끔히 메워 있었습니다.

그는 페인트공이 구멍을 막아준 것임을
깨닫고는 페인트공을 찾아가 감사의 인사를 하며
선물을 건넸습니다. 그러자 페인트공이 놀라며 물었습니다.
"보트를 칠한 대금은 작년에 다 받았는데
이 선물은 또 무엇입니까?"남자가 대답했습니다.
"보트에 작은 구멍이 뚫려 있는 것을 당신이 고쳐주지
않았습니까? 보트를 다시 사용하기 전에
구멍 난 것을 고치려고 했는데,
그만 깜박 잊어먹고 있었답니다.
당신은 내가 그 구멍을 수리해 달라는
부탁도 하지 않는데 말끔히 고쳐 주었습니다.
당신이 미리 고쳐준 덕택에 내 두 아들의
생명을 구할 수 있었습니다."
그리고는 거듭 머리를 숙여 감사의 말을 했습니다.

아무리 작은 착한 일이라도, 그것이 어떤 사람에게는
얼마나 큰 기쁨이 될지 모르는 것입니다.

다른 사람을 배려하는 마음

 "내일 여섯 명이 모여 중대한 문제를
의논하기로 했습니다."
한 랍비가 사람들에게 이렇게 공지를 했습니다.
그런데 다음날 약속 시간에 모인 사람들은 일곱 명이었습니다.
그 가운데 한 사람은 초대하지 않은 사람이었습니다.
랍비는 그 일곱 번째 사람이 누구인지 알 수 없었습니다.
그래서 이렇게 말했습니다.
"여섯 사람을 초대했는데, 일곱 사람이 왔으니
한 사람은 초대하지 않은 사람이군요.
그 사람은 돌아가 주셨으면 합니다."
그러자 말이 끝남과 동시에
가장 중요하고 필요한 사람이 일어나서
밖으로 나갔습니다.

그는 왜 그랬을까요?

그는 초대를 받지 않았거나 어떤 착오로 인해
잘못 나온 사람이 창피함을 갖지 않도록
스스로 먼저 일어나 나갔던 것입니다.

마
음

그렇다면 오늘은 나도

 탈무드는 하인에게도 주인과
똑같은 것을 먹여야 한다고 가르치고 있습니다.
주인이 안락의자에 앉으면 하인에게도 똑같은 안락의자를
주어야만 합니다.
다음의 일화는 탈무드의 이런 가르침을 잘 나타내고 있습니다.

전선의 사령관이 손님을 초대하여 식사를 하게 되었습니다.
사령관이 손님과 식사를 하고 있을 때 사병이 맥주를
가져왔습니다. 사령관이 사병에게 물었습니다.
"사병들도 마실 것이 있는가?"
사병이 대답했습니다.
"오늘은 맥주가 적어서, 여기에 가지고 온 것이 전부입니다."
그러자 사령관이 맥주를 물리며 말했습니다.

"그래, 그렇다면 오늘은 나도 마시지 않겠네."

힘으로써 사람을 복종시키지 말고 덕으로써 사람을 복종시켜라. - 맹자

따뜻한 손

 거리에서 신문을 파는 가난한 소년이 있었습니다.
차가운 바람이 매섭게 부는 추운 겨울날이었지만
소년은 꿋꿋하게 신문을 팔았습니다.
하지만 날씨가 추워서 그런지 사람들은
집으로 가는 발걸음만을 재촉할 뿐
신문을 살 생각은 하지 않았습니다.
소년의 뺨은 얼어서 빨갛게 되었지만 신문을 파는 일을
멈출 수는 없었습니다. 집에서 자신을 기다리고 있을
배고픈 동생들이 떠올랐기 때문입니다.
소년은 이런 날이면 교통사고로 돌아가신 부모님이
더욱 간절하게 생각났습니다.
소년은 따뜻한 집에서 사랑을 받으며 자랄 나이였지만
현실은 하루라도 신문을 팔지 않으면 안 되었습니다.
그때 문득, 지나가던 노신사 한 분이 멈춰 서서
소년을 불렀습니다. 그리고 신문 값보다 많은 돈을 주고는
소년의 손을 꼬옥 잡아 주었습니다.
"이런, 손이 다 얼어버렸네. 몹시 춥겠구나."

노신사의 손은 참으로 따뜻했습니다.
그러자 소년은 밝은 미소를 지으며
노신사에게 인사를 했습니다.

"고맙습니다, 할아버지. 이젠 춥지 않아요."

너그럽고 상냥한 태도, 그리고 사랑을 지닌 마음, 이것은 사람의 외모를
아름답게 만드는 큰 힘이다. - 블레즈 파스칼

자기의 모든 것을 걸어야만 얻을 수 있는 것

 어느 마을에 형제 셋이 살고 있었습니다.

이들 형제에게는 각자의 보물이 하나씩 있었는데,

맏이는 마법의 망원경을, 둘째는 마법의 양탄자를,

막내는 마법의 사과를 가지고 있었습니다.

한편 형제가 살고 있는 나라의 임금에게는

사랑하는 외동딸이 있었습니다.

그런데 그 딸이 원인 모를 병에 걸려 언제 죽을지 모르는

처지에 놓이게 되었습니다. 나라에서 가장 뛰어난 의사마저

고개를 저으며 말했습니다.

"진기한 명약이 아닌 한 공주님의 병은 고칠 수가 없습니다."

사형선고나 다름없는 의사의 말을 들은 임금은

궁리 끝에 다음과 같이 포고를 내렸습니다.

'공주의 병을 고쳐주는 사람은 사위로 삼는 것은 물론,

다음 왕위 계승자로 임명하겠노라.'

마법의 망원경으로 여기저기를 살펴보던 맏이가

임금이 내린 포고문을 보게 되었습니다.

그는 공주에 대한 측은한 마음이 들어 공주의 병을

고쳐주자고 동생들과 의논을 했습니다.

세 형제는 둘째의 보물인 마법의 양탄자를 타고 왕궁을 향해

출발했습니다. 임금을 만난 세 형제는 곧바로

공주에게 막내가 가지고 있던 마법의 사과를 먹였습니다.

그러자 공주는 씻은 듯이 나았습니다.

공주의 병이 낫자 임금은 세 형제를 위해

성대하게 잔치를 베풀고 사윗감을 발표하려 했습니다.

그런데 난감한 문제에 부딪히고 말았습니다.

세 사람 중 누구를 사위로 삼아야 할지

판단이 서질 않는 것이었습니다.

만약 당신이 임금이라면, 이 세 형제 중

누구를 공주와 결혼시키겠습니까?

마음

그것은 '사과를 가지고 있던 막내' 입니다.

이유는 이렇습니다.
맏이는 여전히 자신의 망원경을 가지고 있고,
둘째 역시 자신의 양탄자를 소유하고 있지만,
막내는 사과를 공주에게 줘서 아무 것도
가지고 있지 않기 때문입니다.
탈무드는 말하고 있습니다.

'누군가에게 무언가를 줄 땐 자기의 모든 것을
걸어야 가장 귀중한 것이 된다' 고.

장님의 등불

 어떤 사람이 깜깜한 밤길을 걷고 있었습니다.

그때 맞은 편에서 장님이 등불을 들고 오는 것이
보였습니다. 그 사람이 장님에게 물었습니다.

"당신은 앞을 보지 못하는데, 왜 등불을 들고 다니십니까?"

장님이 대답했습니다.

"내가 등불을 들고 길을 가면, 눈 뜬 다른 사람들이
내가 걸어가고 있다는 것을 알 수 있기
때문이지요."

다른 사람의 만족과 위안이 나를 위한 것만큼이나 중요하다고 여겨질 때
사랑은 존재한다. - H.S. 설리번

선과 악의 동행

 대홍수가 나서 세상을 휩쓸 때의 이야깁니다.
노아의 방주로 모든 동물이 찾아와서
태워 줄 것을 호소하였습니다.
선(善)도 서둘러서 노아의 방주에 당도 했습니다.
그런데 노아는 선을 태워주지 않았습니다.
선이 이유를 물었습니다. 노아가 대답을 했습니다.
"짝을 갖춘 자만이 여기에 탈 수 있네."
선은 여기저기에서 자기의 짝이 될 만한 것을 물색했지만
찾을 수 없었습니다.

시간이 별로 없자 선은 근처에 있던
악(惡)의 손목을 잡아끌고 배에
오르게 되었습니다.

그래서 이후로 선이 있는 곳에는 악도 있게 된 것입니다.

선한 사람이 돼라. 그러면 세상은 선한 세상이 될 것이다. - 힌두교 속담

참된 효도란

 한 젊은이가 있었습니다. 그는 금화 6천 개 값에
해당하는 큰 다이아몬드를 소유하고 있었습니다.
어느 날 나라에서 가장 큰 부자가 그 다이아아몬드로
자신의 집을 장식하기 위해 금화 6천 개를 가지고
젊은이를 찾아왔습니다.
그런데 공교롭게도 아버지가 다이아몬드를 넣어둔
금고 열쇠를 베개 밑에 두고는 잠들어 있었습니다.
그것을 본 젊은이가 부자에게 말했습니다.
"죄송하지만 다이아몬드는 팔 수 없습니다.
곤히 주무시는 아버지를 깨울 수가 없군요."
엄청난 돈벌이가 되는 데도 단지 잠들어 있는 아버지를
깨우지 않기 위해 다이아아몬드를 팔지 않는 아들의 효심에
감동받은 부자는 그 이야기를 여러 사람에게 전해
그를 칭찬했습니다.

사람의 행위 가운데 효보다 큰 것이 없고, 어버이를 공경하는 것은
그를 하느님 옆에 모시는 것보다 큰 것이 없다. - 효경

마음

하늘이 정한 사랑

　솔로몬 왕에게는 매우 아름답고 현명한 딸이 있었습니다.

어느 날 솔로몬 왕이 꿈을 꾸었는데, 딸의 배필이 될 남자가
딸에게 어울리지 않는 악한 사람임을 예감하게 되었습니다.
그래서 솔로몬은 딸을 외딴 곳에 있는 작은 섬으로 데려가
별궁에 가두고 둘레에는 높은 담을 쌓았습니다.
그러고도 모자라 보초병을 배치 했습니다.
그런 다음 별궁의 열쇠를 가지고 돌아왔습니다.

한편 솔로몬 왕이 꿈에서 본 사나이는
황무지에서 홀로 헤매고 있었습니다.
밤이 되자 심한 추위를 느낀 사나이는 사자의 시체 속에
들어가 잠을 자기로 했습니다.
그런데 큰 새가 날아와 사자 시체 속에 있던 그를
그대로 들어올려 공주가 갇혀 있는 별궁에 떨어뜨렸습니다.
그래서 그 사나이는 공주와 만나게 되었고,
결국 두 사람은 사랑에 빠지게 되었습니다.

사랑은 모든 것을 이겨내기 때문에, 아무리 외딴 섬에
가두어 놓는다 해도 막을 수 없습니다.
일어날 일은 반드시 일어나고 맙니다.

순수한 사랑은 왕의 힘과도 비교할 수 없다. 순수한 사랑은 권력의 힘이
지배하지 못하며 순수한 사랑으로 꽃피워질 수 없는 어둠은 없다. - 샤바 비헤어

이런 마음으로 산다면

 "나는 여러분에게 초일심(初日心)을 말하고 싶습니다.
누구나 처음에는 감격하고 좋아하며
열심입니다. 취직을 해도 처음에는 열심히 일합니다.
부부도 처음에는 서로 좋아해서 화합한 것이지,
서로 싫어하는 사이였다면 부부가 되지 않았을 것입니다.
그래서 첫날밤은 아름답고 추억에 남는 것입니다.
따라서 부부는 언제나 첫날밤과 같은 마음으로
지내야 할 것입니다.
우리는 모든 생활을 처음과 같은 마음으로 영위해야 합니다.
그렇지 않으면 마음에 감동이 없고, 마음에 감동이 없으면
육체에 감동이 없으며, 마음과 육체에 감동이 없으면

진실한 마음으로 무엇을 계획하고 그 일을 실행에 옮기는 것은
가장 즐거운 생활이다. 당신은 오늘의 계획을, 또 내일의 설계를 생각해야 한다.
그리고 성실한 마음으로 그 계획을 실행에 옮겨야 한다. - 스탕달

생명에 감동이 없습니다.

다음으로 나는 최후심(最後心)을 말하고 싶습니다.
'마지막으로 본다, 마지막으로 대한다,
마지막으로 만난다.' 라고 생각하라는 것입니다.
오늘 하루만 보는 것이라고 생각하면 어떻게 될까요?
미운 생각, 싫은 생각이 들까요?

따라서 나는 이 초일심과 최후심으로 여러분이 살아갈 때 만이,
세상에서 아름다운 삶을 영위하리라는 걸
믿어 의심치 않습니다."

일본의 요가 지도자이자 종교가인 오키 마사히로의 말입니다.

형제애

 우애가 각별하기로 소문난 의좋은 형제가 있었습니다.
그런 두 형제가 어느 날 다투고 있었습니다.
이유는 어머니의 유언에 대한 해석 때문인데,
서로 헐뜯고 반목하다가 결국 말도 하지 않는 것은
물론 같은 방에는 절대 들어가지 않는 사이가 되고 말았습니다.
그것을 보다 못한 랍비가 형제를 초대해
다음과 같은 이야기를 들려주었습니다.

"어느 마을에 두 형제가 살고 있었습니다. 형은 결혼하여
아내와 아이들이 있었으나 동생은 아직 미혼이었습니다.
두 사람은 모두 부지런한 농부였는데, 부친이 죽자
재산을 똑같이 나누어 가졌습니다. 그리고 수확한 사과나
옥수수도 똑같이 나누어 각자의 곳간에 따로 보관했습니다.
어느 날 밤 동생은 생각했습니다.
'형님에겐 형수와 아이들이 있어 아무래도 나보다는
쓰임새가 더 많을 텐데…'
생각이 여기에 미치자 동생은 형님의 곳간에 자신의 사과와

옥수수를 상당량 옮겨 놓았습니다.
그날 밤 형 또한 생각을 했습니다.
'나야 자식들이 있어 만년에 걱정이 없겠지만,
동생은 독신이니 노후를 위해 준비를 해야 할 텐데…'
형 역시 생각이 여기에 이르자 자신의 사과와 옥수수를
동생의 곳간으로 옮겨 놓았습니다.

아침이 되어 각자의 곳간으로 향한 형제는 수확물이 조금도
줄지 않고 곳간에 그대로 남아 있는 것을 알게 되었습니다.
그렇게 다음날 밤도, 또 그 다음날 밤도,
이런 일이 되풀이되다가 나흘째가 되던 날 밤 곡식을
나르던 중 형제는 그만 한 곳에서 마주치고 말았습니다.
그제서야 두 형제는 서로 상대방에 대해
어떤 생각을 가지고 있는지를 알게 되었고, 그 자리에서
곡식을 내던진 채 부둥켜안고 눈물을 흘렸습니다."

이 이야기를 들은 형제는 그간의 일을 부끄러워하며
예전의 의좋은 형제로 돌아갔습니다.

마음

우는 이유

 어느 외국의 수도에 유태인이 살고 있었습니다.
그는 평판이 매우 좋고 자선도 많이 베풀었으며,
예의 또한 바른 사람이었습니다. 그런데 한 가지 흠이 있다면
유태인 사회 활동에는 전혀 참여하지 않는 것이었습니다.
그 유태인에게 랍비가 다음과 같은 이야기를 들려주었습니다.

매우 위대한 랍비가 있었습니다.
그는 행동도 고결하고 자애심이 깊어 많은 사람들로부터
존경을 받고 있었습니다. 그는 심성이 자상하고
하느님에 대한 공경도 깊어, 걸을 때도 개미 한 마리 밟지 않도록
걸었음은 물론 하느님이 만든 그 어떤 피조물에도
피해를 주지 않으려 조심성 있게 생활을 했습니다.
그가 80세가 되던 어느 날, 자신의 몸이 쇠약해져 있고
많이 늙어 있다는 것을 느끼게 되었습니다.
그의 죽음을 예감한 제자들이 모였을 때, 그는 별안간
울기 시작했습니다.

제자들이 물었습니다.

"스승님, 무슨 일로 우시는 것입니까?

스승님은 공부를 한시도 잊은 적이 없고,

저희들을 무심히 가르치신 적도 없을 뿐더러

자선을 베푸는 일을 하루도 거르신 적이 없습니다.

또한 스승님은 이 나라에서 가장 존경받는 사람이십니다.

게다가 스승님은 정치와 같은 더러운 세계에는

한 번도 발을 들여 놓은 적이 없으셨습니다.

저희들 생각에 스승님께서

우실만한 이유는 한 가지도 없어 보이는데,

무슨 일로 우시는 것인지요?"

랍비가 대답했습니다.

"그렇기 때문에 울고 있는 것이다.

나는 죽는 순간 스스로에게,

너는 공부했는가, 하느님께 기도했는가,

자선을 베풀었는가,

올바른 행동을 해왔는가 하고 물으면,

전부 '예'라고 답할 수 있다.

그러나 일상적인 사람들의 생활에 동참해 본 적이 있는가
하고 물으면, '아니요'라고 밖에는 대답할 수가 없다.
그래서 나는 지금 울고 있는 것이다."

랍비는 자신의 일에서는 성공했지만 유태인 사회에는
얼굴을 내밀려고 하지 않는 유태인에게
위와 같은 이야기를 통해 '당신도 유태인 사회에
참여하는 것이 좋지 않겠는가.' 하고 권유했던 것입니다.

영원한 생명을 주어도 좋을 사람

 어느 시장에 랍비가 찾아와 말했습니다.
"이 시장 안에는 영원한 생명을 주어도
좋을 사람이 있습니다."
그러나 시장 사람들이 아무리 둘러 보아도 그럴 만한 인물이
있는 것 같지 않았습니다. 그때 두 사람이 랍비가 있는 곳으로
다가왔습니다. 그러자 랍비가 말했습니다.
"이 두 사람이야말로 훌륭한 선인(善人) 입니다.
영원한 생명이 주어져도 좋을 사람들입니다."
랍비의 말을 들은 시장 사람들이 그 두 사람에게 물었습니다.
"그래, 당신들이 파는 것이 대체 무엇이요?"
그들이 대답했습니다.

"우리들은 어릿광대입니다. 쓸쓸한 사람에게는 웃음을 주고,
다투는 사람들에겐 평화를 준답니다."

마음

오직 남을 위하여 산 인생만이 가치 있는 것이다. - 아인슈타인

착한 사람

 세상에는 필요한 것이 네 가지 있습니다.
금, 은, 철, 동입니다.
그런데 이것은 대용품을 구할 수 있습니다.
그럼 대용품도 구할 수 없으면서 진정으로 바꿀 수도 없는,
꼭 필요한 것은 무엇일까요?
그것은 바로 '착한 사람' 입니다.

착한 사람이란 커다란 야자나무처럼 무성하고,
큰 레바논 삼나무처럼 늠름하게 하늘 높이 솟아 있는 것을
가리킵니다.

야자나무는 한 번 잘라버리면,
다시 날 때까지는 4년의 세월이 소요되고,
레바논 삼나무는 아주 멀리에서도 볼 수 있을 정도로
돌출한 나무입니다.

착한 뜻을 가진 사람은 결점이 드러나도 누구도 손가락질하지 않는다. -발타자르 그라시안

신은 그녀의 눈물을

"아내를 자신을 사랑하듯이 사랑하고 소중하게
지키십시오. 여자를 울려서는 안 됩니다.

신은 그녀의 눈물을 한 방울씩 헤아리고 계십니다."

부부된 자는 의로써 화친하고 은으로써 화합한다. 남편이 아내를 때리면
무슨 의가 있겠으며, 또 꾸짖으면 무슨 은이 있겠는가. - 후한서

❋ ❋ ❋ ❋ ❋ ❋

칭찬의 힘

 이탈리아 이민 2세인 죠니 피가로가
뉴욕에 살았을 때의 일입니다.

당시 그는 열 세 살이었습니다.

선생님들은 그에게 완전히 손을 들고 있었습니다.

항상 싸움이 끊이지 않았고, 하급생의 놀이를 방해했으며,

선생님에게도 반항적이어서 꾸중을 하면

점점 더 반항적으로 변해 갔습니다.

그런 피가로가 6학년 때 만난 젊은 선생님은

아주 특별했습니다.

어느 날, 쉬는 시간 교실로 돌아온 그는 자리를 향해

커다란 발소리를 내며 걸어가 털썩 의자에 앉았습니다.

젊은 선생님은 조용히 그를 보며 아주 유쾌하게

말을 걸었습니다.

"죠니, 깨끗한 셔츠를 입으면 아주 미남으로 보이겠는데."

이 말을 들은 피가로는 등을 똑바로 펴고 다시 앉았습니다.

정오에는 낡은 검정 넥타이가 깨끗한 셔츠 위에 어색하지만

단정하게 매어져 있었습니다.

선생님은 이 변화를 알아차리고 칭찬을 해 주었습니다.

칭찬은 우리에게 가장 좋은 식사이다. - 스미스 홀런드 여사

다음날, 그의 매듭 투성이의 구두끈은 새 것으로 바뀌었고
낡은 구두도 반짝반짝 닦여 있었습니다.
젊은 선생님은 죠니를 알고 있는 모든 사람에게
이렇게 말했습니다.

"칭찬을 하면 반드시 달라집니다. 칭찬을 많이 해 주면
좋은 아이가 될 것입니다."

죠니 피가로는 커서 중서부 주립대학의 학장이 되었습니다.
그대로 두었다면 빈민가에서 가난하게 살고 있을 소년이
칭찬을 아끼지 않은 선생님 덕분에
훌륭한 학자가 된 것입니다.

여자의 힘

 착한 부부가 어쩌다가 이혼을 하게 되었습니다.
남편은 곧 재혼을 했는데,
불행히도 그 여자는 악한 여자였습니다.
남편은 새로 얻은 여자를 닮아 똑같이 악한 사람이 되었습니다.

아내도 역시 재혼을 하게 되었는데
그 남자 역시 악한 사람이었습니다.
그런데 이번엔 악한 남자가 아내를 닮아
착한 사람이 되었습니다.

이와 같이 남자는 늘 여자에 의해 변화되는 것입니다.

착한 아내와 건강은 남자의 가장 훌륭한 재산이다. - H. 스퍼전

사랑을 위한 기다림

 멋진 남자와 아름다운 처녀가 있었습니다.
둘은 사랑에 빠졌고, '평생 그녀만을 사랑하겠다.'고
남자는 다짐을 했습니다. 한 동안 둘은 모든 일이 순조로워
행복한 시간을 보낼 수 있었습니다.
그러던 중 일이 생겨 남자는 여자를 남겨두고
혼자 여행을 떠나게 되었습니다.

그런데 여행을 떠난 남자는 오랫동안 돌아오지 않았습니다.
친구들은 돌아오지 않는 남자를 기다리는 그녀를 동정했고,
비웃기까지 했습니다.

여자는 평생 자기만을 사랑하겠다고
다짐했던 남자의 편지를 읽으며 눈물을 흘렸습니다.
편지는 그녀의 마음을 위로해 주었으며
또한 힘이 되어 주었습니다.

그렇게 얼마의 시간이 더 흐르고 마침내 기다리던 남자가
돌아 왔습니다.

여자는 그 동안의 슬픔을 남자에게 털어놓았습니다.

남자가 물었습니다.

"그래, 그런 괴로움을 어떻게 참고 견뎌낼 수 있었소?"

여자가 웃으며 대답했습니다.

"저는 이스라엘과 같으니까요."

이스라엘이 다른 나라의 지배에 있었을 때,

다른 나라 사람들은 모두 유태인을 비웃었습니다.

이스라엘이 독립한다는 이야기를 들은 그들은

또 이스라엘의 현인들을 바보 취급했습니다.

유태인은 오직 학교나 예배당에서만

이스라엘을 지켜왔습니다.

유태인은 하느님이 이스라엘에 주신 서약을

계속해서 읽어 왔으며, 그 속에 있는 성스러운 약속을

믿고 살아왔습니다. 그리고 하느님은 약속을 지키셨습니다.

그녀도 남자가 한 다짐의 편지를 읽음으로써 남자를 믿었고,

남자가 돌아올 것을 기다렸기 때문에

이스라엘과 같다고 말한 것입니다.

언약에 대한 증인

 아름다운 아가씨가 가족들과 함께
여행을 하고 있었습니다. 그런데 잠시 혼자 떨어져
산책을 하다가 그만 길을 잃고 말았습니다.
한참을 헤매다 우물가에 도착했을 때 그녀는
목이 몹시 말랐습니다.
그녀는 두레박을 타고 내려가서 물을 마셨습니다.
그런데 다시 올라오려고 하자,
우물을 빠져 나올 수가 없었습니다.
"사람 살려!"
그녀는 있는 힘을 다해 소리쳤습니다.

마침 젊은 남자가 그곳을 지나다가 여자의 소리를 듣고
구해주었습니다. 그리고 둘은 곧 사랑을 맹세하는 사이로
발전했습니다.
얼마동안 머문 남자는 다시 길을 떠나게 되었습니다.
둘은 헤어지기 전에 마지막으로 만나서 서로 정조를 지킬 것을
굳게 다짐했습니다. 둘은 이구동성으로 말했습니다.
"우리 결혼 하는 날까지 기다리기로 해요.

그게 언제가 되더라도."

남자가 말했습니다.
"지금 우리의 언약을 누군가 증인이 되어 주었으면
좋겠는데…"
때마침 족제비 한 마리가 그들 옆을 지나가자
여자가 말했습니다.
"방금 지나간 족제비와 이 우물을 증인으로 삼으면 되겠네요."
남자는 동의를 하고 여자와 헤어져 길을 떠났습니다.

그 후 몇 해가 흘렀습니다.
여자는 여전히 정조를 지키며 남자를 기다리고 있었지만

남자는 다른 여자와 결혼하여 아들을 낳고
행복하게 살고 있었습니다.
그런데 어느 날 남자의 아들이 풀밭에 잠들어 있을 때
족제비가 나타나 아들의 목을 물어뜯어 그만 죽고 말았습니다.
얼마 후 부부 사이에는 또 아들이 태어났습니다.
아들이 걸어 다닐 수 있게 되자, 이번엔 아들이
우물 속에 비친 여러 가지 그림자를 재미있게 들여다보다가
그만 발이 미끄러져 빠져 죽고 말았습니다.

그제야 남자는 아가씨와 했던 약속을 떠올렸고,
족제비와 우물이 언약의 증인이었다는 것도 기억해 냈습니다.

남자는 지금의 아내에게 모든 사실을 고백하고
이혼을 하였습니다. 그리고는 아가씨가 있는 마을로
되돌아 왔습니다.
아가씨는 그때까지도 그를 기다리고 있었습니다.

현모가 시집가는 딸에게

 나의 사랑하는 딸아!
　　항상 남편을 왕처럼 받들도록 해라.
그러면 남편은 너를 여왕처럼 대해줄 것이다.

반대로 네가 남편을 노예처럼 여긴다면, 남편도 너를 하녀처럼
다룰 것이고 네가 만약 자존심을 세워 남편에게 봉사하기를
꺼려한다면, 남편은 강압적으로 너를 억누르려 할 것이다.

남편이 친구의 집을 방문하려 한다면 깨끗이 목욕시키고
옷차림을 단정하게 해 보내도록 해라.
반대로 남편의 친구들이 집에 놀러 온다면 온 정성을 다해
극진히 대접하도록 하여라.
그러면 너는 남편으로부터 소중하게 대접받을 것이다.

언제나 가정에 마음을 쓰고, 남편의 물건을 소중하게 여기거라.
그러면 남편은 기뻐하며 너의 머리 위에 왕관을 씌워 줄 것이다.

> 사랑하고 사랑받는 것은 태양을 양쪽에서 쪼이는 것과 같다. - 비스코트

가장 아름다운 것

 환자를 문병하면, 그 환자는 60분의 1만큼
병세가 좋아집니다.
그렇다고 60명이 한꺼번에 문병을 간다고 해서
환자가 완쾌되는 것은 아닙니다.

죽은 이의 무덤을 찾는 것은 가장 고귀한 행동입니다.
문병은 환자가 나으면 그 사람에게서 감사의 답례를
받게 되지만 죽은 이는 아무런 답례도 하지 않기 때문입니다.

감사의 답례를 바라지 않는 행동이야말로
세상에서 가장 아름다운 것입니다.

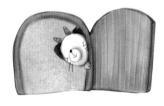

행복의 유일한 길은 감사를 기대하지 않으며 남에게 주는 기쁨을 갖는 데
있음을 기억하자. - 앙드레지드

사랑의 체온

 선다 싱이라는 사람이 네팔의 한 산길을
걷고 있었습니다. 그런데 그날따라 눈보라가
세차게 몰아치고 있었습니다. 그 눈보라 속에서 그는
한 여행자를 만나 함께 길을 걷게 되었습니다.
방향이 같았기 때문에 얘기 상대도 할 겸 서로 금방
친해졌습니다. 두 여행자는 살을 에는 추위와
거친 눈보라를 맞으며 마을을 찾기 위해
계속 발길을 재촉했습니다.
그러나 인가는 좀체 보이지 않았습니다.
그런데 얼마쯤 걷다보니 웬 노인이 눈 위에 쓰러져 있는 것이
보였습니다.
쓰러져 있는 노인을 그냥 지나칠 수 없었던
선다 싱이 동행자에게 제안을 했습니다.
"우리 이 사람을 함께 데리고 갑시다.
그냥 두고 가면 필시 이 노인은 죽고 말 것입니다."

그러자 동행자는 벌컥 화를 냈습니다.

"무슨 말입니까? 우리도 죽을지 모르는 판에

저런 노인네까지 데려가다가는 우리까지 모두 죽게 될 것이오."

선다 싱 역시 동행자의 말이 옳다는 생각이 들었지만

그렇다고 불쌍한 노인을 그냥 두고 갈 수는 없었습니다.

할 수 없이 그는 홀로 노인을 일으켜 업고 눈보라 속을 한걸음씩

걸어 나가기 시작했습니다. 이런 그의 모습을 보고 있던

동행자는 그를 버려두고 혼자 걷기 시작했습니다.

얼마를 걸어갔을까. 이제 그의 눈 앞에서 동행자의 모습은

사라지고 말았습니다. 노인을 등에 업고 걷는

선다 싱의 발걸음은 차츰 힘이 빠지기 시작했습니다.

하지만 그는 이를 악물고 목적지를 향해
걸어갔습니다.

어느새 노인을 업은 선다 싱의
몸에서는 추위 속에서도 땀이 나기
시작했고, 땀은 차츰 온몸을 적시기에
이르렀습니다.

선다 싱의 몸에서 발산되는 더운 열기탓이었는지
의식을 잃고 있던 노인이 다행히 의식을 회복하게 되었습니다.

그렇게 되자 두 사람은 서로의 체온으로 인해
추위를 전혀 느낄 수 없었습니다.

그렇게 얼마를 걸었을까. 마침내 그들의 눈에
마을이 들어 왔습니다. 둘은 기쁨의 환호성을 울리며
마을로 들어서려는데, 마을의 입구쯤에 한 사람이
꽁꽁 언 채로 쓰러져 있었습니다.
시체를 살펴 본 선다 싱은 입을 떡 벌리고 말았습니다.
그는 바로 혼자만 살겠다고 앞서 걸어갔던
동행자였기 때문입니다.

개를 뒤뜰에 묻어야 하는 이유

 개를 기르는 집이 있었습니다.
개는 오랫동안 그 집에서 지내왔기에,
모든 가족들의 귀여움을 받고 있었습니다.
특히 막내아들은 더욱 개를 귀여워했습니다.
그런 개가 그만 죽고 말았습니다. 아버지는 모든 생명은
언젠간 죽게 되는 것이라며 막내아들을 위로했지만,
개를 형제처럼 귀하게 여겼던 막내아들의 슬픔은
쉬 가시지 않습니다. 막내아들은 개를 집의 뒤뜰에
매장하겠다고 말했습니다. 그러나 아버지는 개를 뒤뜰에다
묻는 것에 반대를 했고 가족들 간에 논쟁이 벌어졌습니다.
결국 아버지는 이 문제를 해결하기 위해 랍비를 불렀습니다.
집으로 온 랍비는 자초지종을 듣고는
다음과 같은 이야기를 들려주었습니다.

어느 집에 커다란 우유통이 있었는데, 그만 뱀이
그 우유 통에 빠지고 말았습니다.
그 뱀은 독사였기 때문에, 우유 속으로 치명적인 독이
녹아들기 시작했습니다. 그런데 오직 개만이
그 사실을 알고 있었습니다.

우정은 한 사람이 다른 사람에게 성실한 책임을 다하는 일종의 충성심이다.
적당하게 조절된 충성심은 가장 달콤한 인생의 미덕이 될 수 있으며,
그것은 믿음과 신념과 헌신을 의미한다. - 웨인 포식

가족들이 들어와 우유를 퍼서 마시려고 할 때,
개가 맹렬히 짖어대기 시작했습니다.
그래도 가족들 중 그 누구도 개가 왜 그렇게 짖는지
알아차리지 못했습니다.

가족 중 한 사람이 우유를 마시려고 하자
개가 뛰어들어 손에 든 우유를 엎지르더니,
그것을 핥아 먹기 시작했습니다.
그리고는 그 자리에서 즉사하고 말았습니다.

그제서야 가족들은 우유에 독이 들어 있다는 것을
알게 되었습니다.

랍비의 말을 들은 후 아버지의 반대는 누그러져,
개는 아들의 희망대로 뒤뜰에 묻히게 되었습니다.

마
음

어머니의 마음

 솔로몬 왕은 매우 현명한 사람이었습니다.

어느 날 두 여자가 한 아이를 놓고 서로 자기 아이라고
다투다가 솔로몬 왕을 찾아와 판결해 달라고 했습니다.
솔로몬 왕은 이것저것 조사를 했지만, 누구의 아이인지
알 수 없었습니다. 이처럼 소유물이 누구 것인지 모를 때
유태인의 경우에는 둘로 나누는 것이 관례였습니다.
솔로몬 왕이 판결을 내렸습니다.
"저 아이를 반으로 나누도록 하라."
그러자 한 여자가 미친 듯이 울부짖으며 말했습니다.

"나는 아이의 엄마가 아니니, 저 여자에게 아이를
주도록 하십시오."

그 모습을 본 솔로몬 왕이 말했습니다.
"그대야말로 이 아이의 어머니다."

> 어머니가 아버지보다 자식에 대해 더 깊은 애정을 갖는 이유는 자식을 낳을 때
> 엄청난 고통을 겪기 때문에 자식이란 절대적으로 자기 것이라는 마음이
> 아버지보다 강하기 때문이다 - 아리스토텔레스

자식 된 도리

어느 부부에게 두 아들이 있었습니다.

그런데 그 중 한 명은 아내가 부적절한 관계를 맺어서
태어난 아이였습니다. 어느 날 남편은 아내가 어떤 사람에게
두 아들 중 한 명은 아버지가 다른 아이라고 말하는 것을
우연히 듣게 되었습니다.

그러나 남편은 어느 아들이 자기의 아이인지 알 수 없었습니다.
그러다 남편은 큰 병에 걸리게 되었고,
죽음을 예감한 그는 유서에 '나의 핏줄을 이어받은 아들에게
전 재산을 주겠다.'고 썼습니다.

남편이 죽자 두 아들은 그의 유서를 가지고 재판관을 찾아가
누가 친아들인지를 밝혀 달라고 했습니다.
궁리 끝에 재판관은 두 아들에게 아버지의 무덤에 가서
막대기로 무덤을 힘껏 내리치라고 했습니다.
그러자 한 아들이 말했습니다.

"저는 그럴 수 없습니다. 자식 된 도리로
도저히 아버지의 무덤을 욕보일 수 없습니다."

마음

재판관이 말했습니다.

"아버지의 무덤을 치지 못한 네가 진짜 친아들이다."

당신이라면 어떻게 하겠는가

한 랍비가 있었습니다. 그런데 그의 친구 중 한 사람이
중병에 걸려서 새로운 약을 복용하지 않으면
안 될 처지에 놓였습니다. 안타깝게도 그 약은 좀처럼 구하기
힘든 약이었습니다. 그러자 친구의 가족들이 랍비를 찾아와서,
당신은 의사들을 많이 알고 있을 것이니
그 약을 구해줄 수 없겠느냐고 부탁했습니다.
랍비는 몇 몇 아는 의사에게 부탁을 해
친구를 살려 줄 수 없겠느냐고 간청했습니다.
한 의사가 랍비에게 말했습니다.
"만약 그 약을 당신 친구에게 주게 되면
그 약을 구하지 못한 사람은 죽을지도 모르네.
그런데도 당신은 기어코 내게 부탁을 해서
약을 구할 생각인가?"
그 말을 들은 랍비는 생각할 시간을 달라고 하고는
탈무드를 펼쳐 보았습니다.

어떤 사람을 죽여 자기 목숨이 살아난다면
어떻게 하겠습니까? 만약 그 사람을 죽이지 않을 경우

자기가 죽게 된다면 어떻게 하겠습니까?

자기의 목숨을 구하기 위해 다른 사람을 죽여서는 안 됩니다.
자기의 피가 상대의 피보다 붉다고 할 수 없는 것입니다.

이것을 본 랍비는 친구의 피가 새로운 약을 구하지 못해
죽을 지도 모를 어떤 사람의 피보다 붉다고 할 수는
없다고 생각했습니다.
랍비는 친구의 약을 구하지 않기로 했습니다.
그 결과 랍비의 친구는 죽고 말았습니다.

겉모습보다는 담긴 내용이 좋아야

현명하고 지혜롭지만 얼굴은 매우 못생긴 랍비가
로마 황제의 공주를 만났습니다.

랍비의 얼굴 생김새를 본 공주가 빈정대듯이 말했습니다.

"그 대단하다는 총명함이 이렇듯 형편없는
그릇에 담겨 있다니!"

공주의 말을 들은 랍비가 물었습니다.

"왕궁 안에 술이 있습니까?"

공주가 대답 대신 고개를 끄덕였습니다.

랍비가 그런 공주에게 다시 물었습니다.

"그 술은 무슨 그릇에 들어 있습니까?"

공주가 대답했습니다.

"보통의 항아리 같은 보잘 것 없는 그릇에 들어 있지요."

그러자 랍비가 의아하다는 듯이 물었습니다.

"로마의 공주님 같이 훌륭한 분이시라면
금이나 은그릇도 많이 있을 텐데 왜 그런 보잘 것 없는
그릇에 술을 담아 두십니까?"

랍비의 말을 들은 공주는 그 말이 옳다는 생각이 들어,
지금까지 싸구려 항아리에 들어 있던 술을 금과 은그릇에

옮겨 담았습니다. 그러자 훌륭했던 술맛이 먹을 수 없을 정도로
변해 버렸습니다.

술맛을 본 황제는 화를 내며 물었습니다.

"누가 이런 그릇에다 술을 넣었느냐?"

공주가 작은 목소리로 대답했습니다.

"좋은 술은 좋은 그릇에 담아두는 것이 더 어울릴 것 같아
제가 그리하였습니다."

황제 앞에서 물러난 공주는 랍비를 만나
따지듯 물었습니다.

"어째서 당신은 나에게 이런 일을 권한 것이지요?"

랍비가 차분하게 대답을 했습니다.

"저는 단지 공주님께 대단히 귀중한 것이라 할지라도
때로는 하찮은 항아리에 넣어 두는 것이
더 좋을 수도 있다는 것을 가르쳐 드리고 싶었을 뿐입니다."

마음

사랑한다면 이들처럼

강왕은 전국시대 말기 송나라를 망하게 한
장본인 입니다. 그는 술로 밤을 새우고 여자를 많이
거느렸으며, 성질이 포악해 옳은 말을 하는 신하는
모조리 죽이는 만행을 저질렀습니다.
그런 강왕의 시종 중에 한빙이라는 사람이 있었는데,
그의 부인은 절세미인이었습니다.
여자를 탐하고 인륜을 버린 지 오래인 강왕이
이들의 행복을 가만히 두고 볼 리 만무하였습니다.
강왕은 무사들을 시켜 그의 부인을 강제로 데려와
후궁으로 삼고 한빙에게는 없는 죄를 씌워 변방으로
귀향을 보냈습니다.
이때 아내 하씨는 강왕 몰래 귀양을 떠나는 남편 한빙에게
짤막한 편지를 전하게 되었습니다. 편지의 내용은 이랬습니다.
"비는 그칠 줄 모르고 강은 크고 물은 깊으니
해가 나오면 마음이 맞겠다."
그러나 안타깝게도 남편 한빙이 편지를 읽고 버리려 할 때
그만 무사들에게 들켜 편지는 강왕의 손에 들어 가게
되었습니다. 강왕의 명을 받은 소하란 자는 편지의 내용을

다음과 같이 해석했습니다.

"당신을 그리는 마음을 어찌할 길 없으나 방해물이 많아
만날 수 없으니, 죽고 말 것을 하늘에 맹세합니다."

아내의 편지 내용을 해석한 남편 한빙은 얼마 후 귀양지에서
자살을 했고, 그 소문을 들은 아내 하씨도 성 위에서
투신자살하고 말았습니다. 아내 하씨는 죽기 전 강왕에게
"임금은 사는 것을 다행으로 여기지만 나는 죽는 것을
다행으로 여깁니다. 바라건대 한빙과 합장해 주십시오."란
유서를 남겼습니다. 그러나 하씨의 생각과는 달리
유서를 보고 크게 노한 강왕은 고의로 무덤을 서로
떨어지게 만들도록 명하고는 다음과 같이 중얼거렸습니다.

"죽어서도 사랑을 하겠다는 거렸다.
내가 그 소원을 들어줄 성 싶으냐."

강왕이 이렇게 말하고 간 그날 밤 두 무덤 사이에는
이상한 일이 일어나기 시작했습니다.

밤사이에 두 그루의 노나무가 각각 남편 한빙과 아내 하씨의

무덤 끝에서 나더니 열흘이 못가
큰 아름드리 나무가 되어 위로는 가지가 서로 얽히고
아래로는 뿌리가 서로 맞닿았습니다.

그러자 나무 위에는 한 쌍의 원앙새가 앉아
서로 목을 안고 슬피 우는 것이었습니다.
이 울음소리를 들은 사람들은 모두 눈물을 흘리며
한빙 부부의 넋이 틀림없을 것이라며
함께 슬퍼했습니다. 이때부터 송나라 사람들은
이 나무를 상사수(相思樹)라 부르며 죽음을 불사하고
사랑을 지켰던 두 사람의 넋을 위로하였습니다.
그리고 젊은이들은 이 나무 아래에서
변치 않는 사랑을 약속하는 것이 유행이 되었습니다.

누군가에게 아낌없이 자선을 베풀면

 어느 마을에 큰 농장이 있었습니다.
그 농장 주인은 예루살렘에서 가장 많이 자선을
베푸는 농부였습니다.
해마다 랍비들이 그의 집을 방문할 때면
그는 아낌없이 자선을 베풀었습니다.
그런데 어느 해 태풍으로 과수원이 모조리 망가지고
전염병으로 그가 키우던 양이나 소, 말 등도
모두 죽고 말았습니다.
이것을 본 채권자들이 몰려와 재산을 전부 빼앗아 버려
그에겐 조그만 땅밖에 남지 않았습니다.
그런데도 그는 태연자약하게 말했습니다.
"하느님이 주셨다가 다시 거둬 가신 것이니
할 수 없지 않은가!"

그 해에도 어김없이 랍비들이 찾아 왔습니다.
랍비들은 잘 살았던 농부가 이렇게 몰락한 것을 보고는
그를 동정했습니다.

한편 그의 아내가 남편에게 말했습니다.

"우리는 늘 랍비들에게 학교를 지어주고
예배당을 유지할 수 있게 해 주었으며, 가난한 사람이나
노인들을 위해 많은 헌금을 해 왔는데, 올해 아무 것도
드리지 못한다면 대단히 부끄러운 일 입니다."

부부는 차마 랍비들을 빈손으로 돌아가게 할 수 없다고
생각했습니다. 그래서 마지막으로 남은 작은 땅의 반을 팔아서
그것을 랍비들에게 헌금하고, 그 대신 남은 땅으로
더욱 부지런히 농사를 지어서 메우기로 의견을 모았습니다.
랍비들은 뜻밖의 헌금을 받고는 매우 놀라는 눈치였습니다.

봄이 와서 부부가 남은 반쪽의 땅을 일구고 있는데,
밭을 갈고 있던 소가 갑자기 쓰러졌습니다.
부부가 흙탕물에 빠져 있던 소를 끌어내다 보니,
소의 발 밑에 보물이 있었습니다.

선을 행하는 데는 나중이라는 말이 필요 없다. - 리태

부부는 그 보물을 팔아 다시 옛날처럼 큰 농장을
운영하게 되었습니다.

그해 가을 다시 랍비들이 찾아왔습니다.
그들은 아직도 그 농부가 가난한 생활을 하고 있을 것으로
여겨 작년에 갔던 조그만 농장으로 찾아갔습니다.
그런데 그 농장에는 다른 사람이 살고 있었습니다.
"그 사람은 이제 이 곳에 살지 않습니다.
저쪽의 큰 농장으로 가 보세요."
랍비들은 사람이 가리키는 농장을 향해 발걸음을 옮겼습니다.
랍비들을 반가이 맞이한 농부는 1년 동안에
자기에게 일어났던 일을 설명하고는 이렇게 말했습니다.

"누군가에게 아낌없이 자선을 베풀면 그것은
반드시 되돌아 옵니다."

사랑을 지킨 부부

10년을 해로한 부부가 있었습니다.

부부는 금실이 좋은 데다가 겉으로 보기에도 행복해
보였는데, 뜻밖에 남편이 이혼을 허락 받기 위해 랍비를
찾아 왔습니다. 랍비는 그 부부를 잘 알고 있었으므로
결혼 생활에 문제가 있으리라고는 생각하지 못했습니다.
사정얘기를 들어보니, 둘 사이에는 아이가 없었는데,
그 이유로 부부는 친척들로부터 이혼을 강요받고 있었던 것입니다.
결혼한 후 10년이 지나도 아이가 없으면 이혼할 수 있는 게
유태의 전통이었습니다. 그런데 문제는 그들 부부는 결코
헤어질 마음이 없다는 것이었습니다.
하지만 가족들이 워낙 강하게 나오는지라 그로서도
어쩔 수 없이 랍비에게 의논하러 온 것이었습니다.
그는 사랑하는 아내와 헤어질 때 아내에게 굴욕감을 주지 않고 가
능한 한 평온하게 헤어지기를 바라고 있었습니다.
그래서 랍비는 탈무드적 발상법을 시도해 보기로 했습니다.

랍비는 그에게 아내를 위해 성대한 파티를 열고, 그 자리에서
10년 동안 자신과 함께 살아온 아내가 얼마나 훌륭했는가를

모든 사람 앞에서 말하도록 권했습니다.
아내가 싫어서 헤어지는 것이 아님을 밝히고 싶었던 그는
이 제안을 매우 기쁘게 받아들였습니다.
그는 헤어지는 아내에게 선물을 하고 싶다고 말했고
랍비가 무엇을 선물하겠느냐고 묻자,
아내가 진심으로 원하는 것을 주고 싶다고 대답했습니다.
그러자 랍비는 그에게 파티가 끝난 다음 아내에게 '내가 갖고
있는 모든 것 중에서 당신이 갖고 싶은 것을 말하면 무엇이든
기꺼이 주겠소.' 라고 말하라고 알려 주었습니다.

이윽고 파티가 끝난 뒤, 랍비가 알려준 대로 남편은 아내에게
물었습니다.
"무엇이든 갖고 싶은 것이 있으면 말해 보시오.
무조건 당신에게 주겠소."

"저는 당신을 선물로 갖고 싶어요." 그리하여 이혼은
취소되었습니다. 그 후 두 사람 사이엔 아이가 둘이나 태어났고,
가정은 더욱 행복해졌습니다.

마
음

양쪽의 말을 존중한 후에

 젊은 랍비가 현인을 찾아왔습니다. 이어서 한 쌍의
부부가 자신들의 문제를 상담하기 위해 현인을
찾아왔습니다. 현인은 젊은 랍비가 함께 있어도 좋으냐고 물어
동의를 얻은 다음 상담에 들어갔습니다.
보통 부부간의 문제는 두 사람을 합석시킬 경우
자신의 주장만을 내세우기 때문에 한 사람씩
따로 불러 상담하는 것이 원칙이었으므로
현인도 그렇게 하기로 했습니다.

현인은 먼저 남편의 이야기를 들으면서 그의 주장에 타당성이
있다고 말해 주었습니다. 또한 아내와 상담할 때에도 그녀의
말에 일리가 있다고 해주었습니다. 부부와 상담을 마친 뒤
현인은 젊은 랍비에게 물었습니다.
"자네라면 어떤 결정을 내리겠는가?"
그러자 젊은 랍비가 물었습니다.
"저는 도대체 이해할 수가 없습니다. 선생님께서는
남편의 이야기도, 아내의 이야기도 옳다 하셨습니다.
부부는 각자 전혀 다른 주장을 펼쳤는데 어째서

인간적인 사랑의 최고목적은 종교적인 사랑과 마찬가지로 사랑하는 사람과
하나가 되는 것이다. -시몬느 보보아르

두 사람의 주장이 모두 옳다고 하시나요?"
그러자 현인은 젊은 랍비의 말도 옳다고 했습니다.

이 결정에 대해 독자 여러분들은 어떻게 생각하시나요?
여기에 나오는 현인은 줏대도 없는 예스맨일까요?
여기에서의 현인은 사람들이 어떤 문제에 대해
각기 다른 의견으로 대립할 경우, '당신은 옳고 당신은
틀렸다' 라는 식으로 단정 지어서는 안 된다는 것을
말하고 있습니다.
이때 중요한 것은 양자간에 팽팽해져 있는 감정의 골을
누그러뜨려 주어야 한다는 것입니다.
그러기 위해서는 양자의 주장을 모두 인정해 주고,
그들 모두가 이성을 되찾기를 기다린 후에
서서히 화해의 분위기를 만들어 주어야 합니다.

따라서 이런 종류의 갈등에 대해서는

먼저 어떠한 의견이라도 상대방의 주장을 인정해 주는 것이
필요하다는 것을 말하고 있는 것입니다.

죽은 뒤에도 늘 함께 있는 친구

어느 날 한 남자가 임금의 부름을 받았습니다.
그 남자에게는 세 명의 친구가 있었는데,
혼자서 임금 앞에 나갈 용기가 나지 않던 그는
세 명의 친구에게 함께 가 줄 것을 부탁하기로 했습니다.
평소 그는 첫 번째 친구는 가장 소중한 친구라고
생각하고 있었습니다.
두 번째 친구는 사랑했지만 첫 번째 친구보다
소중하게 여기지는 않았습니다.
세 번째 친구는 위의 두 친구만큼 관심을 가지고 있지
않았습니다.

그는 먼저 첫 번째 친구를 찾아가 부탁을 했습니다.
첫 번째 친구는 이유도 묻지 않고 한 마디로 거절했습니다.
이어서 두 번째 친구를 찾아가 부탁을 했습니다.
두 번째 친구는 조건부로 대답을 했습니다.
"왕궁의 성문까지는 함께 갈 수 있지만, 그 이상은 안 되겠네."
마지막으로 세 번째 친구를 찾아가 부탁을 했습니다.
세 번째 친구가 대답 했습니다.

장미를 주는 손길에는 언제나 장미 향기가 남아 있다. - 헤이다 베이야

"암 가주고말고! 자네는 아무 잘못도 없다는 것을
내가 함께 가서 임금님께 말해 주겠네."

왜 세 사람은 각기 다른 말을 했을까?
여기서 첫 번째 친구는 '재산'이어서, 아무리 소중하게 여겨도
죽을 때에는 남겨 두고 갈 수밖에 없습니다.
두 번째 친구는 '친척'이어서, 묘지까지는 따라가 주지만
결국 돌아서 옵니다.
세 번째 친구는 '선행'이어서, 평소에는 눈에 띄지
않지만 죽은 뒤에는 늘 그와 함께 있는 것입니다.

항상 자기가

사람은 항상 자기가 1이 될 수 있도록
노력하지 않으면 안 됩니다. 1이란 가장 명예로운
숫자이기 때문입니다.

모범은 자기로부터 시작되어야 합니다.

우선 좋은 가족을 만드는 일부터 시작하십시오.

좋은 가족을 만드는 것은 가족 뿐만이 아니라 좋은 일,

좋은 지역사회를 만드는 일과도 통합니다.

참다운 지도자란 무엇을 뜻하는 것일까요?

그것은 모범을 보여줄 수 있는 사람을 말합니다.

시작을 만들 수 있는 사람을 말하는 것입니다.

그리고 지도자 다음 두 번째부터는 따르는 사람이 되는 것입니다.

인생은 한 권의 책과 같다. 어리석은 이는 그것을 마구 넘겨 버리지만,
현명한 인간은 열심히 읽는다. 단 한 번밖에 인생을 읽지 못한다는 것을
알기 때문이다. -장 파울

양보만 했더라면

 미국에는 일정한 주파수로 다른 차량의 무전기와
자유롭게 교신을 할 수 있는 C.B. Radio가 있습니다.
이것은 개인의 승용차에 무전기를 장착하고 사용하는
라디오였는데, 문제는 어느 한 쪽에서 이것을 사용하고 있으면
다른 쪽에서는 그 회선을 통하여 교신을 할 수 없다는
단점이 있었습니다.
한 쪽이 사용하던 C.B. Radio 회선을 양보해 주어야만
비로소 사용할 수 있었던 것이지요.
수년 전 미국의 콜로라도 주에서 있었던 일입니다.
C.B. Radio 회선을 양보해 달라는 부탁을 받은 트럭 운전사가
있었는데, 그는 그 부탁에 아랑곳 하지 않고 계속해서
혼자 회선을 사용하였습니다. 양보를 부탁하는 쪽에선
연신 '급한 상황'임을 알리며 간청하였습니다.
그러나 트럭 운전사는 더욱 심술을 부리며
양보할 기색을 보이지 않았습니다. 그 당시 회선을 사용하려던
쪽에서는 교통사고가 나, 급한 구조 요청을 해야 하는
상황이었습니다. 쇠파이프를 싣고 가는 큰 트럭을 따라가던
어떤 여자가 앞 차의 급정거로 인해 자동차 속으로

빠져 들어온 쇠파이프에 몸이 찔려 중태에
빠진 것이었습니다. 사고를 목격한 사람들이
경찰과 구급차를 부르려 했으나 주변에 전화기가 없어
무전기를 사용하려 했던 것입니다.
마침 회선을 양보하지 않던 심술궂은 운전사가
그 사고 현장을 지나게 되었습니다. 트럭 운전사는
궁금한 생각에 차를 세우고 현장으로 간 순간
자신의 눈을 의심하지 않을 수 없었습니다. 사고를 당해
쓰러져 있는 여인은 바로 자신의 아내였던 것입니다.
게다가 더욱 기가 막힌 것은 구조요청을 하기 위해
C.B. Radio 회선 양보를 부탁받고도 심술을 부리며
거절한 것이 바로 자신이었다는 사실이었습니다.
결국 병원으로 옮겨진 아내는 응급조치가 늦어져
끝내 숨지고 말았습니다. 의사가 말했습니다.

"아, 5분만 빨리 왔어도 살릴 수 있었는데."

마
음

마음을 읽는 무언극

로마황제와 이스라엘의 가장 위대한 랍비가
생일이 같다는 이유로 친분을 맺고 지냈습니다.
두 나라의 관계가 좋지 않을 때에도 둘의 친밀한 관계는
변함없이 유지되었습니다. 그러나 양국의 관계도 있고 해서
황제와 랍비는 떳떳이 드러내놓고 사귀지는 못하는
처지였습니다. 그러므로 황제가 랍비에게 무엇을 물으려
할 때는 사람을 보내어 간접적으로 그의 의견을
물어봐야 했습니다.

어느 날 황제는 사자를 통해 랍비에게 편지를 보내어
다음의 일에 대해 자문을 구했습니다.
"나는 꼭 이루고 싶은 일이 두 가지 있소. 그 중 하나는
내가 죽은 후 아들로 하여금 황제의 자리를 잇게 하는 것이고,
나머지 한 가지는 이스라엘에 있는 타이페리아스라는
도시를 관세 자유 도시로 만드는 것이오.
나는 이 두 가지 중 한 가지밖에 이룰 수가 없으니,
두 가지 모두를 한꺼번에 이루려면 어떻게 하면 좋겠소?"
이 때 양국관계는 매우 안 좋은 상태였으므로 황제의 물음에

랍비가 대답했다는 사실이 알려지면 국민들의 분노에

부딪칠 것은 불을 보듯 뻔했습니다.

그래서 랍비는 물음에 직접 답을 보낼 수가 없었습니다.

황제가 돌아온 사자에게 물었습니다.

"편지를 건네주었을 때 랍비는 무엇을 하고 있었는가?"

사자가 대답했습니다.

"랍비는 아들을 업고는 그에게 비둘기를 주었습니다.

아들은 그 비둘기를 하늘로 날려 보냈습니다.

그 외에는 아무 것도 하지 않았습니다."

황제는 랍비가 말하고자 하는 것을 알 수 있었습니다.

그것은 먼저 왕위를 아들에게 물려주고, 아들로 하여금 관세를
자유롭게 하면 된다는 뜻이었습니다.

황제가 또 랍비에게 질문을 했습니다.
"나의 신하들이 내 마음을 괴롭히고 있소.
이럴 때엔 어떻게 하면 좋겠소?"
랍비는 역시 똑같은 무언극으로 뜰에 있는 작은 텃밭으로
가서 야채를 하나 뽑더니, 조금 지나서 다시 야채를 하나
뽑았습니다.
이번에도 로마 황제는 랍비가 말하려는 것을
알 수 있었습니다. 그것은 한꺼번에 모든 신하들을
제거하지 말고, 몇 번에 걸쳐 하나 씩 하나 씩
제거하라는 뜻이었습니다.

인간의 의사는 말이나 문장에 의지하지 않고서도
충분히 나타낼 수 있는 것입니다.

벌거숭이로 태어났다가 벌거숭이로 가는 것

 한 마리의 여우가 포도밭 안으로 들어가려고 애를 쓰고
있었습니다. 그러나 울타리가 촘촘히 쳐져 있어서
좀처럼 들어갈 수 없었습니다.

그래서 여우는 사흘 동안 단식을 해 몸을 홀쭉하게 만든 뒤
울타리를 비집고서 안으로 들어갈 수 있었습니다.

여우는 배가 터지도록 포도를 먹고 포도밭을 나오려 했지만
이번엔 배가 너무 불러서 울타리를 빠져 나올 수 없었습니다.

여우는 할 수 없이 포도밭에 들어올 때처럼 삼일 간
단식을 해 몸의 살을 뺀 후에야 겨우 빠져 나올 수 있었습니다.

울타리를 빠져 나온 여우는 자신의 배를 바라보며 말했습니다.

"결국 뱃속은 들어갈 때나 나올 때나 마찬가지구나!"

인생도 이와 마찬가지입니다. 벌거숭이로 태어나서,
죽을 때도 벌거숭이로 가는 것입니다.

사람은 죽을 때 가족과 부귀와 선행,
이 세 가지를 세상에 남기고 갑니다.

그리고 이 셋 중에서 선행보다 중요한 것은 없습니다.

우리의 가치는 실제로 행한 선행에 의해 정해지는 것이지,
얼마나 좋은 감정을 가졌느냐에 의해 정해지는 것이 아니다. - 일라이아스 매큔

감사하는 마음

　최초의 인간이었던 아담이 빵을 먹기 위해서는
얼마나 많은 일을 해야 했을까요?
우선 밭을 일궈 씨를 뿌리고, 그것을 가꿔서 걷어 들이고,
다시 가루를 내어 반죽을 하는 등
자그마치 15단계의 과정을 거쳐야 합니다.
지금은 돈만 있으면 빵집에 가서 살 수 있는데,
이것은 혼자 하지 않으면 안 되었던 15단계의 작업을,
많은 사람들이 나누어 하기 때문에 가능한 것입니다.

따라서 빵을 먹을 땐 빵을 만드느라고 수고한 많은 사람들에게
감사의 마음을 가져야 합니다.

최초의 한 사람은 자기 몸을 가릴 옷을 만들기 위해
여러 단계의 작업을 거쳐야 했습니다.
양을 잡아 사육하고, 털을 깎고, 올을 짜고,
기워서 입기까지는 상당한 노력이 필요했습니다.
지금은 돈만 내면 옷가게에서 자기가 원하는 옷을
사 입을 수 있습니다.

옛날에는 혼자서 하지 않으면 안 되었던 작업을
수많은 사람들이 나누어 하기 때문에 가능한 것입니다.

그러므로 옷을 입을 때에도
많은 사람들에게 감사의 마음을 가져야 합니다.

마
음

구두를 벗는 이유

 유태교에서는 아버지가 임종했을 때
절대 구두를 신어서는 안 됩니다.
또 일주일 동안은 자기의 일을 생각해서도 안 됩니다.
이때 거울을 보게 되면, 자연히 자기 얼굴이 비춰져서
자기의 일에 신경을 쓰게 될 것임으로 거울도 모두
감추어 버립니다.

구두를 벗는 것은 자기보다 더욱 위대한 것이 있다는 것을
생각하기 위함입니다.

우선 겸손을 배우려 하지 않는 자는 아무것도 배우지 못한다. - O.메러디드

동전

유태인 가정에서는 안식일 전날인
금요일 저녁에 어머니가 반드시 촛불을 켜 놓습니다.
아버지는 아이들의 머리에 손을 얹고 축복을 기원합니다.
촛불을 켤 때 유태인 가정에서는 반드시
'유태인민족기금' 이라고 씌어진 상자가 놓여지고,
아이들의 손에 주즈라 불리는 동전이 주어집니다.
그리고 촛불이 켜짐과 동시에 아이들은 자선을 위해 상자에
주즈를 넣습니다.
어릴 때부터 자선행위를 가르쳐 주는 것이지요.
금요일 오후에는 가난한 사람들이 구걸을 하며 부자의 집을
돌아다닙니다. 그러면 그 집의 부모는 가난한 사람들에게
직접 돈을 주지 않고 반드시 아이들을 시켜
그 상자 속의 돈을 건네주게 합니다.
이것은 아이들에게 자선하는 마음을 심어 주기 위한 것입니다.
지금도 유태인은 세계 각지에서 자선을 위해
가장 많은 돈을 쓰고 있습니다.

마땅히 행할 길을 아이에게 가르쳐라. 그리하면 늙어도 그것을 떠나지 않으리라. -성경

작별인사

 한 여행자가 있었습니다. 그는 매우 긴 여행을
하고 있었으므로 몹시 지쳐 있었을 뿐만 아니라
갈증과 굶주림으로 죽을 지경이었습니다.

그런 상태로 사막을 오랫동안 걸어 간신히 나무가 무성한
오아시스에 다다를 수 있었습니다.

그는 나무그늘에 앉아서 나무 열매로 배를 채우고,
근처에 있는 샘물로 갈증을 해소하였습니다.

그러나 그는 여행을 계속하기 위해 다시 출발해야만 했습니다.

그는 자신에게 충분한 휴식을 제공해 준 나무에게
매우 감사해 하며 말했습니다.

"나무님 정말 고맙습니다. 당신에게 어떻게 보답을
해야 할 지 모르겠습니다. 당신의 열매를 달콤하게 해달라고
빌려 해도 당신의 열매는 이미 충분히 맛있고,

시원한 나무 그늘을 갖게 해 달라고 빌려 해도 당신의 그늘은
더할 나위 없이 시원합니다.

당신이 더욱 튼튼하게 자랄 수 있도록 충분한 물이
솟구치게 해 달라고 빌려 해도 물은 이미 충분히 있습니다.

제가 당신을 위해 기도 할 수 있는 것은 당신이 가능한 한
많은 열매를 맺고, 그 열매들이 모두 당신처럼
아름답고 훌륭한 나무로 자라기를 바랄 뿐입니다."

만일 그대가 헤어지는 사람에게 무언가 기원하고자 할 때,
그 사람이 더욱 현명하게 되도록 기원하더라도
이미 충분히 현명하며, 많은 돈이 들어오도록 기원하더라도
이미 충분히 풍부하며, 모든 사람들에게 사랑을 받는
훌륭한 인격을 가지고 있는 사람이라면,
그대는 '당신의 아이들이 당신처럼 훌륭하게 자라기를
바랍니다.'라고 인사하는 것이 가장 현명합니다.

마
음

마음 속에 있는 궁전

 챨즈 킹즈레이는 히말라야 산맥에 있는
누추한 오두막에서 살고 있었습니다.
어느 날 이 곳을 찾아온 친구가 그에게 말했습니다.
"이렇게 인적이 드문 조그만 오두막에 살고 있으면 쓸쓸하지
않나? 이 곳을 떠나 좀 더 넓은 세계로 가면 여러 가지
재미난 일과 접할 수 있는데, 그런 곳으로 가 보는 게
어떻겠나? 호랑이 사냥처럼 아주 재미있는 일이
얼마든지 있는데 말이야."
킹즈레이는 친구의 말을 듣고는 미소를 지으며 친구에게
말했습니다.
"자네의 말을 들으면서 나는 이 곳이 감옥이 아니라
궁전이라는 걸 깨닫게 되었네.
내가 올바른 판단을 할 수 있도록 도와주신 신에게
감사하고 있네.

나는 이 곳이 감옥이 아니라 궁전이라는 생각을 하게 되었네."

행복을 이웃집 담 너머에서 찾는 것은 가장 어리석은 일이다.
행복의 파랑새는 모든 사람이 자신의 마음속에서 찾아야한다. - 알렝

마음

| Chapter 2 | 인생을 밝혀주는
희망의 탈무드

당신은 책이라는 것을 좋아하지 않을 지도 모른다.
그런 당신은 분명히 생활 가운데 부질없는 야심과
쾌락의 추구에만 열중하고 있을 것이다.
그러나 세상은 당신이 생각하는 것보다 훨씬 광범위한데,
그 세계가 책에 의해 움직이고 있다는 것을 알아야 한다. – 볼테르

정성이 먼저

 어느 나라에 젊은 화가가 있었습니다.
어느 날 그는 화단의 거장인 스승을 찾아가
호소하였습니다.
"선생님, 저는 그림을 2, 3일마다 한 장씩 그립니다.
그러나 이것이 팔리기까지는 자그마치 3, 4년이나 걸립니다.
선생님, 제가 어떻게 해야 그림이 잘 팔리는 성공한 작가가
될 수 있을까요? 그 비법을 가르쳐 주십시오."
제자의 말을 듣고 있던 스승이 그런 제자를
다정하게 바라보며 방법을 일러 주었습니다.
"이 보게나, 어떤 일이든 그 일을 이루려면 먼저
공을 들여야 하는 법이라네. 지금 자네가 말한 것을
반대로 한다면 자네는 분명히 성공할 것일세.

3, 4년 동안 정성을 다하여 그림을 그린 다음에
내놓으면 2, 3일 안에 반드시 팔릴 것일세."

정성이 지극하면 돌 위에서도 풀이 난다. - 우리나라 속담

육체와 영혼을 합하면

 어느 임금이 매우 맛있는 과일나무를
가지고 있었습니다.

임금은 이 나무를 지키기 위해 두 사람의 파수꾼을 두었는데,

한 사람은 장님이었고, 나머지 한 사람은 절름발이었습니다.

그런데 이 두 사람이 함께 공모하여 과일을

따먹기로 했습니다. 절름발이가 장님의 목마를 탄 후

과일을 따서는 실컷 나눠 먹었습니다.

임금은 크게 노하여 두 사람을 심문하였습니다.

그러자 장님이 시치미를 떼며 말했습니다.

"앞을 못 보는 제가 어찌 과일을 따 먹을 수 있겠습니까?"

절름발이도 말했습니다.

"절름발이인 제가 어찌 저렇게 높은 나무 위로

올라갈 수 있겠습니까?"

임금은 두 사람의 말에 일리가 있다고 여겼지만

믿지는 않았습니다.

이렇듯 두 사람의 힘은 한 사람의 힘보다

훨씬 위대한 것입니다.

사람은 육체만으로 아무 것도 할 수 없으며,
역시 영혼만으로도 아무 것도 할 수 없습니다.

육체와 영혼, 양쪽을 합하면 무엇이든지 할 수 있습니다.

집중력의 차이

 어느 임금이 커다란 포도밭에서
많은 사람들에게 일을 시키고 있었습니다.
그 사람들 가운데 능력이 뛰어나 임금의 마음에 든
일꾼이 있었습니다.
임금은 포도밭을 찾으면 재능이 뛰어난 그 일꾼과 함께
포도밭을 거닐곤 하였습니다.

하루의 일이 끝나면 일꾼들은 줄을 서서 품삯을 받았습니다.
일꾼들은 모두 똑같이 품삯을 받았는데 재능이 뛰어난 일꾼이
품삯을 받을 차례가 되자, 다른 일꾼들이 화를 냈습니다.
"그 사람은 두 시간만 일을 하고 나머지 시간은
임금과 함께 놀고 있었을 뿐인데, 우리와 똑같은 품삯을
받는 것은 말도 되지 않습니다."

음악가는 음악을 만들어야 하고, 화가는 그림을 그려야 하며
시인은 시를 써야한다. 진정한 마음의 평화를 얻고자 한다면
자신이 원하는 일을 해야한다. - 아브라함 매슬로

임금이 대답했습니다.
"그대들이 하루 종일 걸려서 하는 일을
이 친구는 두 시간 만에 해치워 버리니,
당연한 것 아닌가!"

몇 시간을 일했느냐보다는 얼마만큼
훌륭한 업적을 남겼느냐가 중요합니다.

강자

 약하지만 강자를 두렵게 하는 것, 네 가지가 있습니다.
사자는 모기를 두려워하고,
코끼리는 거머리를 두려워하며, 전갈은 파리를 두려워하고,
매는 파리잡이거미를 두려워 합니다.
아무리 크고 힘이 센 자일지라도 반드시
절대적인 것은 아닙니다.

아주 약한 것이라도 어떤 조건만 성립된다면
강자를 이길 수도 있습니다.

희
망

이 세상에 물보다 더 무르고 약한 것은 없다.
그러나 약한 물이 바위 위에 계속 떨어질 때 그 바위는 구멍이 뚫리고 만다.
이처럼 약한 것도 한 곳에 힘을 모으면 강한 것을 능히 이길 수 있다. - 노자

전화위복이 있는 인생

랍비 아키바가 여행을 하고 있었습니다.

그는 당나귀와 개, 그리고 작은 램프를 가지고
여행 중이었습니다. 날이 저물자 그는 빈 오두막에서
밤을 보내기로 했습니다.

잠을 자기에는 이른 시간이라 그는 램프에 불을 켜놓고
책을 읽기 시작했습니다. 그런데 갑자기 바람이 불어와
불이 꺼져버렸습니다.

할 수 없이 그는 잠을 청하였습니다.

그런데 그가 잠든 사이에 이리가 와서
개를 물어 죽였고, 사자가 나타나 당나귀마저
죽여 버렸습니다.

이튿날 아침, 그는 램프 하나만을 들고 쓸쓸히 길을
떠나게 되었습니다. 그렇게 걸어서 근처 마을에 당도했는데
사람들이 보이지 않았습니다.

한참 후에야 도적들이 지난밤에 들이닥쳐 마을을 파괴하고

사람들을 몰살시켰다는 것을 알게 되었습니다.

만약 지난밤 바람에 불이 꺼지지 않았다면
그도 도적들에게 발견되었을 지 모릅니다.
만약 개가 살아 있었다면 개 짖는 소리에
도적들에게 발견되었을 지 모릅니다. 당나귀도 틀림없이
소란을 피웠을 것입니다.
모든 것을 잃어버렸기 때문에 그는 도적들에게
발견되지 않았고, 또한 목숨을 부지할 수 있었던 것입니다.
랍비 아키바가 말했습니다.

"사람은 최악의 상황에서도 희망을 잃어서는 안 된다.
안 좋은 일을 계기로 좋은 일이 생길 수도 있다는,
전화위복을 믿어야 한다."

무한한 가능성을 지닌 인생

 옛날 어떤 사람이 왕의 노여움을 사 사형선고를
받았습니다. 그 사람은 왕에게 다음과 같이
탄원서를 냈습니다.

'대왕이시어, 저에게 1년 동안이라는 시간을 주면 왕께서
가장 아끼시는 말에게 하늘을 나는 방법을 가르쳐 주겠습니다.
만약 1년이 지나도 말이 날지 못하면 그때는
사형을 달게 받도록 하겠습니다.'

사람의 척도는 그가 불행을 얼마나 잘 이겨냈는지에 달려있다. - 프로타크

이 사람의 탄원은 받아들여졌습니다. 이것을 알게 된
동료 죄수들은 그 사람을 보고 "말을 하늘에 날 수 있게
하겠다고, 설마 말이 날 수 있을까?"하고 빈정대며 놀렸습니다.
그러자 그 사람이 이렇게 대답했습니다.

"1년 이내에 왕이 죽을지도 모르고, 반대로 내가 죽을지도
모릅니다. 또 말이 죽을지도 모릅니다. 1년 이내에 무슨 일이
일어날 지 미래를 누가 알 수 있겠습니까?
정말로 1년이 지나면 말이 날을 수 있을지도 모르는 것입니다."

이 이야기는 인생이 무한한 가능성을 지니고 있다는 것을
말해주고 있는 것입니다.

겸손하면

 안자라는 사람이 재상으로 있을 때의 일입니다.
그는 재상으로 있는 동안 틈틈이 시간을 내어
수레를 타고 민정을 살피러 다녔습니다.
어느 날 그의 수레를 모는 마부의 아내가
안자의 행렬을 보게 되었습니다. 아내가 바라보니
자신의 남편이 수레 위의 큰 양산 아래서 채찍을 휘두르며
거만하게 우쭐대며 말을 몰고 있었습니다.
왜냐하면 그가 모는 수레는 이 나라의
재상 안자를 태우고 있었기 때문입니다.
이 모습을 본 아내는 남편이 집에 돌아오자마자
곧바로 보따리를 싸서 집을 나갔습니다.
"아니, 부인 대체 왜 이러는 것이오?
왜 집을 나가는지 그 이유나 말해 보시오?"
남편이 놀라 뒤쫓아 가서는 자초지종을 물었습니다.
그러자 아내가 굳은 표정으로 말했습니다.

"안자께서는 키도 작지만 한 나라의 재상으로
많은 국민으로부터 추앙받고 있습니다.

인간은 자신의 태도를 변화시킴으로써 인생을 변화시킬 수 있다. -
윌리암 제임스

학식은 얼마나 깊은지요. 게다가 태도 또한
얼마나 겸손합니까? 그런데 당신은 키가 팔 척 거구이면서도
남의 수레나 모는 주제에
그렇게 거들먹거리는 모습을 보이다니…….
제가 당신 같은 사람에게 무슨 희망을 걸고
함께 살 수 있겠습니까?"

아내의 말을 들은 남편은 크게 뉘우치고는 이후로는
아주 겸손한 사람이 되었습니다.
어느 날 안자가 그의 태도가 변한 것을
깨닫고는 이유를 물었습니다.
그는 아내의 이야기를 안자에게
그대로 해주었습니다.
이에 안자는 고개를 끄덕이더니
그에게 벼슬자리를 주었습니다.

희
망

내 후손을 위해

 한 노인이 정원에 묘목을 심고 있었습니다.
마침 그 곳을 지나가던 나그네가 노인에게 물었습니다.

"어르신은 언제쯤 그 나무에 열매가 열릴 것이라
생각하십니까?"

노인이 대답했습니다.

"아무래도 70년 정도는 지나야 하겠지요."

그 말을 듣고 나그네가 다시 물었습니다.

"어르신은 그렇게 오래 사실 수가 있습니까?"

그러자 노인이 미소를 지으며 대답했습니다.

"그렇지는 않을 것이오. 하지만 내가 태어났을 때,
우리집 과수원에는 열매가 주렁주렁 열려 있었는데,
그것은 내가 태어나기 전에 나를 위하여
묘목을 심어준 할아버지가 계셨기 때문에 가능한 것이었지요.

난 다만 그 때의 할아버지처럼 내 후손을 위해
똑같은 일을 하는 것이라오."

한 세대가 나무를 심으면, 다음 세대는 그늘을 얻는다. - 동양의 격언

책에 대한 어느 랍비의 유서

 사랑하는 내 아들아!
　　책을 정다운 네 벗으로 삼을 지어다.
책꽂이나 책장을 네 기쁨의 밭, 기쁨의 정원으로 가꿀지어다.
책의 낙원에서 훈훈한 향기를 느껴라.
지식의 고귀한 열매를, 그리고 장미를 네 자신의 것으로
만들어라.
지혜의 꽃다운 향기를 맡아보아라.

만일 네 영혼이 충만 되었거나 피로해 있다면
정원에서 정원으로, 이랑에서 이랑으로
이 곳 저 곳 풍경을 감상해 보아라.

그러면 새로운 기쁨이 용솟음치고 네 영혼은 희망에 차
도약할 것이다.

당신은 책이라는 것을 좋아하지 않을지도 모른다. 그런 당신은 분명히
생활 가운데 부질없는 야심과 쾌락의 추구에만 열중하고 있을 것이다.
그러나 세상은 당신이 생각하는 것보다 훨씬 광범한데,
그 세계가 책에 의해 움직이고 있다는 것을 알아야 한다. - 볼테르

사회의 규율이 지켜지지 않기 때문에

 어떤 젊은이가 한 아가씨를 깊이 사랑한 나머지 그만
병에 걸리고 말았습니다.

의사가 진찰 결과를 내놓았습니다.

"이 병은 당신의 소망이 이루어지지 않아서 생긴 병입니다.
그 여성과 성적관계를 맺으면 금방 낫는 병이오."

그 젊은이는 랍비를 찾아가 의사가 이렇게 말했는데
어떻게 하면 좋겠느냐고 물었습니다.

랍비는 절대 성적관계를 가져서는
안 된다고 했습니다.

그러자 젊은이는 여자가 자신의 병을
낫게 하기 위해 실오라기 하나
걸치지 않는 벌거숭이가 되어 자신 앞에
서는 것은 어떻겠냐고 물었습니다.

랍비는 이번에도 안 된다고 했습니다.

그러자 젊은이는 다시 여자와 울타리를 사이에 두고 만나
서로 대화를 나누는 것은 어떻겠느냐고 물었습니다.

랍비는 그것도 안 된다고 대답했습니다.

질서는 하늘의 으뜸가는 법칙이다. - 알렉산더 포프

그러자 젊은이가 이번에 이렇게 물었습니다.
"랍비님, 어째서 랍비님은 모든 일에
강력하게 반대만 하시는 것입니까?"
그러자 랍비가 힘주어 대답했습니다.

"사람은 정숙해야 하네. 만약 사람이 서로 좋아한다고 해서
이내 성관계를 가질 수 있다면 그 사회의 규율은
깨어지게 되고, 곧 무질서가 올 수 있기 때문이네."

복수와 미움의 차이

 이웃하고 사는 A와 B 두 사람이 있었습니다.

어느 날 A가 찾아와 B에게 부탁했습니다.

"솥 좀 빌려 쓸 수 있을까?"

"싫은데."

B가 거절을 했습니다.

이번엔 반대로 B가 A를 찾아가 부탁을 했습니다.

"말을 좀 빌려 쓸 수 없을까?"

A가 말했습니다.

"네가 솥을 빌려 주지 않았는데, 내가 왜 말을 빌려 줘야 해!"

이것이 복수입니다.

어느 날 A가 B에게 부탁을 했습니다.

"솥 좀 빌려 쓸 수 있을까?"

복수를 하는 가장 좋은 방법은 가해자인 상대방과 같아지지 않는 것이다. - M. 아우렐리우스

"싫은데."

B가 거절을 했습니다.

이번엔 반대로 B가 A를 찾아가 부탁을 했습니다.

"말을 좀 빌려 쓸 수 없을까?"

A가 말을 빌려 주며 말했습니다.

"자네는 솥을 빌려 주지 않았지만, 나는 이렇게 말을
빌려 주네."

이것이 미움입니다.

세 사람의 경영자

두 사람의 공동 경영자가 있었습니다.
두 사람은 매우 근면했기 때문에 바닥에서 출발한
기업은 발전을 거듭해, 지금은 누구나 인정하는
성공한 경영자가 되었습니다. 그러나 두 사람의
공동경영자에게는 아무런 계약도 없었기 때문에,
아이들 대의 분란을 막기 위해 계약을 맺기로 했습니다.

그런데 계약이 성립되자 두 사람은 사사건건 반목하고
부딪치게 되었습니다. 사실 계약을 맺을 때에도
서로 자기가 유리한 조건을 차지하기 위해 충돌을 했었습니다.
두 사람은 이 문제를 해결하기 위해 랍비를 찾아갔습니다.
두 사람 중 한 사람은 영업을 담당하고 있었고
나머지 한 사람은 생산을 담당하고 있었는데,
둘은 랍비 앞에 와서도 서로를 내세우며 다툼을
멈추지 않았습니다. 이 모습을 본 랍비는 이대로는

마음이 맞으면 삶은 도토리 한 알을 가지고도 허기를 면할 수 있다. -
우리나라 속담

순조로운 공동경영이 어려울 거라는 생각이 들어
두 사람에게 물었습니다.

"당신 회사의 경영자는 누구와 누구입니까?"

"우리 두 사람입니다."

"그렇다면 서로 자기가 잘했다고 주장하지 말고,
하느님도 경영진에 참여시키는 것이 어떨까요?

온 우주의 활동은 하느님의 행위이므로,
하느님을 당신네 경영진으로 참여시켜도 되지 않겠습니까?"
랍비는 계속해서 말을 이었습니다.

"당신들의 회사인 것은 분명 맞지만,
그 회사는 하느님의 회사이기도 합니다. 당신들은 유태인을
위해 일하고 있고, 당신들의 회사는 이스라엘을 위해서도
일하고 있으므로, 자기의 것이라는 의식을

너무 강하게 갖지 않는다면 어느 쪽이 사장이 된다고 해도
크게 신경 쓸 일은 아닙니다. 이전처럼 영업담당은 영업을 하고
생산담당은 생산담당을 하면 되지 않을까요?"

랍비의 말을 듣고 부끄러움을 느낀 두 사람의 관계는
계약을 맺기 전으로 돌아갔고, 회사는 더욱 발전을 하게
되었습니다. 그리고 자선사업을 위해 얼마의 돈을
기부하게 되었고, 그것이 하나의 목표가 되면서
더 이상 이들에게 누가 사장이 되느냐는
문제가 되지 않았습니다.

약속을 지키면

 제나라 환공이 숙적 노나라와 싸워서 승리한 다음
회담을 열게 되었습니다.

높은 단을 쌓고 그 위에서 제나라 환공과 노나라 장공이
마침내 마주 앉았습니다. 노나라 장공이 항복 문서에
조인을 하면 회담은 끝나게 되는 것입니다.

그런데 갑자기 노나라 장군 조수가 번개 같이
단 위에 올라와 환공의 목에 칼을 들이대면서 말했습니다.

"폐하, 우리 노나라가 빼앗긴 땅을 돌려주시겠습니까,
아니면 목숨을 내놓으시겠습니까?"

상호 존중해야 하는 회담장에서 벌어진 어처구니없는
사건이었습니다. 깜짝 놀란 환공은 얼떨결에
승낙을 하고 말았습니다.

"좋아, 그렇게 하지."

이렇게 해서 회담은 흐지부지 되었습니다.

제나라의 환공은 다급한 나머지
조수의 협박에 넘어가기는 했지만 생각하면 할수록
괘씸하기 짝이 없었습니다.

'어찌 전쟁에서 패한 나라의 장수가 항복문서를

조인하는 자리에서 승자인 자신에게 칼을 들이대고
협박을 할 수 있단 말인가? 환공은 조수의 목을 베고
약속을 취소하려고 했습니다.
그러자 명재상이었던 관중이 말렸습니다.

"폐하, 부득이한 경우를 당했다 할지라도 약속은 약속입니다.
지금 폐하께서 조수의 목을 베기란 손바닥 뒤집기보다
쉬울 수 있습니다.
그러나 약속을 지키지 않는다면 신의에 어긋날 뿐만 아니라
천하의 웃음거리가 될 것입니다."

관중의 간곡한 말에 환공은 마음을 바꾸어 먹었습니다.
그리하여 자신의 입에서 나온 한 마디 말을 지키기 위해 그는
노나라 땅을 모조리 되돌려 주었습니다.
그러자 세상 사람들의 찬사가 쏟아지기 시작했습니다.
"환공은 신의가 있는 군주다."
환공이 제후들을 규합하여 춘추전국시대 최초의 패권을
차지하게 된 것은 그로부터 불과 1년 뒤의 일이었습니다.

희
망

지식은 무형의 재산이다

 어떤 배에서 있었던 일입니다.

승객들은 대부분 큰 부자들이었는데,

그 가운데엔 랍비도 한 사람 타고 있었습니다.

부자들은 서로 자신들의 재산을 자랑했습니다.

랍비도 한마디 했습니다.

"나는 이 가운데서 내가 제일 부자라고 생각하고 있지만,

지금은 내 재산을 여러분에게 보여줄 수가 없소."

그런데 얼마 후 해적이 나타나 배를 습격하는 일이

벌어졌습니다. 부자들은 금, 은, 보석 등 자신들이 가지고 있던

재산을 모두 해적들에게 빼앗기고 말았습니다.

해적이 사라진 뒤, 배는 간신히 항구에 닿을 수 있었습니다.

랍비는 곧 항구의 사람들에게 학식과 교양이 높다는 것을

인정받아, 학교에서 학생들을 가르칠 수 있게 되었습니다.

얼마 후 랍비는 지난날 함께 배에 탔던 부자들을

다시 만날 수 있었습니다. 그들은 모두 하나같이
비참하게 몰락해 있었습니다. 랍비를 본 그 사람들은
이구동성으로 말했습니다.

"당신의 말은 확실하게 옳았소.
교육을 받은 자는
모든 것을 가지고 있는 것과 같군요."

이때부터 지식은 누구에게
빼앗기는 일 없이 가지고 다닐 수
있는 것이기 때문에 무엇보다도
중요한 것으로 인식되었습니다.

남자의 일생

탈무드에 의하면 남자의 일생은 일곱 가지 단계로 나뉩니다.
1. 한 살 – 왕, 모두가 모여서 왕을 받들 듯 달래거나
어르면서 비위를 맞춰주기 때문입니다.

2. 두 살 – 돼지, 흙탕물 속을 기어 다니기 때문입니다.

3. 열 살 – 양, 웃고 떠들고 뛰어다니기 때문입니다.

4. 열 다섯 살 – 말, 크게 자라 자기의 힘을 남에게
과시해 보려 하기 때문입니다.

5. 결혼후 – 당나귀, 가정이라는 무거운 짐을 지고
터벅터벅 걸어가지 않으면 안 되기 때문입니다.

6. 중년 – 개, 가족을 살리기 위해 사람들의 호의를
구걸하지 않으면 안 되기 때문입니다.

7. 노년 – 원숭이, 어린이로 되돌아가지만 아무도
관심을 기울여 주지 않기 때문입니다.

인생은 혼자서 태어나서 혼자서 살다가 혼자서 죽는 영원한 고아이다. - 법구경

하느님이 맡기신 보석

메이어라는 랍비가 예배당에서 설교를 하고 있을 때, 그의 두 아이가 집에서 죽어가고 있었습니다. 아내는 두 아이의 시신을 이층으로 옮겨 흰 천으로 덮어 주었습니다. 남편인 랍비가 귀가하자 아내가 말했습니다.

"당신에게 묻고 싶은 일이 있는데요. 어떤 사람이 저에게 잘 보관해 달라며 아주 귀중한 보석을 맡기고 갔습니다. 그런데 그 주인이 갑자기 돌아와서는 맡긴 보석을 돌려 달라고 요구해 왔습니다. 이럴 땐 어찌하면 좋을까요?"

남편인 랍비가 대답했습니다.

"그것을 주인에게 곧 돌려주도록 하시오."

아내가 말했습니다.

"실은 지금 막 하느님이 두 개의 귀중한 보석을 하늘로 가지고 돌아가셨습니다."

남편 랍비도 무슨 말인지 알아 듣고 아무 말도 하지 않았습니다.

희
망

죽음을 찾지 말라. 죽음이 당신을 찾을 것이다.
그러나 죽음을 완성으로 만드는 길을 찾으라. - 함마슐트

준비하는 자만이

 매우 상냥하고 친절한 부자가 있었습니다.

그는 자신의 노예를 기쁘게 해주려고 배에

많은 물건을 싣고는, 어디든지 원하는 곳으로 가서

행복하게 살라고 말하며 해방시켜 주었습니다.

배는 바다 한 가운데로 향해 나갔습니다. 그런데 갑자기

심한 폭풍우가 불어와 배가 가라앉고 말았습니다.

노예는 짐들을 모두 잃은 채 간신히 알몸으로 헤엄쳐

가까운 섬에 당도할 수 있었습니다.

그는 모든 것을 잃은 허망함과 외로움으로 깊은 슬픔에 잠겨

있었습니다. 그런데 섬 안을 조금 들어가자,

큰 도시가 보였습니다.

그는 실오라기 하나 걸치고 있지 않았지만,

도시의 사람들은 그를 크게 환대하며

왕으로 받들었습니다.

호화스런 궁전에 살게 된 그는 이 사실이 마치 꿈을 꾸고

있는 것처럼 아무리 생각해도 믿어지지 않아

옆에 있는 사람에게 물었습니다.

"이게 대체 어찌된 노릇입니까? 한 푼도 없이 알몸으로 온

나를 왕으로 섬기다니 대체 영문을 모르겠습니다."

그러자 옆에 있던 사람이 대답했습니다.

"우리들은 살아 있는 인간이 아니라 영혼입니다.

우리들은 일 년에 한번 살아 있는 인간이 이 섬에 찾아와서,

우리들의 왕이 되어주기를 바라고 있습니다.

진실한 마음으로 무엇을 계획하고 그 일을 실행게 옮기는 것은
가장 즐거운 생활이다. 당신은 오늘의 계획을, 또 내일의 설계를 생각해야 한다.
그리고 성실한 마음으로 그 계획을 실행게 옮겨야 한다. - 스탕달

그러나 조심하십시오. 일 년이 지나고 나면 당신은 이 곳에서
추방되어 먹을 것은 물론 아무 것도 없는 섬으로
홀로 보내질 것입니다."
왕이 된 노예가 감사의 말을 했습니다.

"정말 고맙습니다. 그렇다면 지금부터 일 년 후를 위해
여러 가지를 준비해 둬야겠군요."

그리하여 그는 사막과 같은 섬에 가서 꽃과 과일나무를
심는 등 미래를 위해 준비를 했습니다.
일 년이 지나자, 그는 행복했던 섬에서 쫓겨났습니다.
그는 왕이었으면서도, 왔을 때와 똑같이 벌거숭이로
죽음의 섬으로 보내졌습니다.
황폐한 섬에 도착해 보니, 과일이 열리고 야채가 자라서
아주 살기 좋은 땅으로 변해 있었습니다.
또 먼저 그곳으로 쫓겨났던 사람들도 그를 따뜻하게
맞아들여 주었습니다.
그래서 사람들은 그와 함께 행복하게 살 수 있었습니다.

정당함의 차이

알렉산더가 이스라엘에 왔을 때의 일입니다.
어느 유태인이 알렉산더에게 물었습니다.

"대왕께서는 우리들이 가지고 있는 금과 은을
가지고 싶으신가요?"

알렉산더가 대답했습니다.

"나는 금과 은은 하도 많이 가지고 있어서
조금도 갖고 싶은 생각이 없네. 단지 그대들의 습관과
그대들이 생각하고 있는 정당함이란 무엇인지에 대해
알고 싶은데 가르쳐 줄 수 있겠나?"

그래서 유태인은 한 랍비를 알렉산더에게 소개시켜 주었습니다.

그 랍비는 다음과 같은 이야기를 알렉산더에게 들려주었습니다.

A라는 사람이 B라는 사람에게서 고물을 샀는데,
그 고물더미에 아주 값비싼 금화가 섞여 있는 것을

생을 존중하는 사람은 비록 부귀해도 살기 위해 몸을 상하는 일이 없고
비록 빈천해도 사리를 위해 몸에 누를 끼치는 일이 없다.
그런데 요즈음 세상 사람들은 고관대작에 있으면 그 지위를 잃을까 걱정하고,
이권을 보면 경솔히 날뛰어 몸을 망치고 있다. -장자

A가 발견했습니다. A가 B에게 금화를 건네주며 말했습니다.

"나는 이 고물만을 샀을 뿐, 금화는 사지 않았으니

이것은 당신 것입니다."

B가 금화를 받지 않으며 말했습니다.

"내가 당신에게 판 것은 이 고물더미 전부이므로

그 금화 역시 당신 것입니다."

그래서 A와 B는 근처의 랍비를 찾아갔습니다.

랍비는 이렇게 판결을 내렸습니다.

"당신에게는 딸이 있고, 또 당신에게는 아들이 있으니

두 사람을 결혼시켜서 그들에게 금화를 주는 것이

올바른 일일 것 같네."

이야기를 끝낸 랍비가 알렉산더에게 물었습니다.

"대왕님! 이럴 때 대왕님의 나라에서는

어떻게 판결을 내리십니까?"

알렉산더는 간단하게 대답을 했습니다.

"우리나라에서는 두 사람을 죽이고 내가 금화를 갖는다.

이것이 나에게 있어서 정당함이다."

절망에서 희망 찾기

 〈프랑스 혁명사〉란 명저를 남긴 토마스 칼라일이

원고를 쓸 당시의 일입니다.

수천 페이지에 달하는 원고를 탈고한 뒤 칼라일은

이웃에 사는 존 스튜어트 밀에게 찾아가

원고를 한번 읽어 달라고 부탁 했습니다.

밀은 그 원고를 정성 들여 꼼꼼하게 읽기 시작했습니다.

그런데 며칠 후 밀이 파랗게 질린 얼굴로

칼라일을 찾아 왔습니다.

"큰 일이 생겼습니다. 늦게까지 원고를 읽다가

책상 위에 그대로 놓아 둔 채 잠이 들었는데,

아침에 가보니 그만 우리 집 하녀가 못쓰는 종이인 줄 알고

벽난로의 불쏘시개로 써버렸지 뭡니까?"

그 소리를 듣는 순간 칼라일은 눈 앞이 캄캄해졌습니다.

2년 동안 기울인 노력이 까만 재로 변하는 순간이었습니다.

그 일이 있은 후, 칼라일은 넋을 잃은 사람처럼 한 동안

아무 일도 할 수 없었습니다.

그러던 어느 날이었습니다.

희
망

칼라일은 우연히 석공이 벽돌 쌓는 것을
목격하게 되었습니다. 석공은 벽돌을 하나씩 쌓아
차츰 높은 벽을 이루어나가고 있었습니다.
그 순간 칼라일의 뇌리에는 번쩍 스쳐 지나가는 것이
있었습니다.
"아, 바로 저것이다."
그는 그 길로 집으로 돌아와 다시 책상 앞에 앉았습니다.
그리고 속으로 다짐했습니다.

'다시 시작하는 거다. 오늘 한 페이지를 쓰고,
내일도 한 페이지를 쓰는 것이다.'

그리하여 마침내 그는 처음 원고보다 더욱 훌륭한
〈프랑스 혁명사〉를 세상에 내놓게 되었습니다.

자기 억제를 잘하고 있다는 것

 어떤 남자가 이웃집 부인을 흠모한 나머지
한 번 관계를 맺어보기를 간절히 바라고 있었습니다.
그러던 중 그는 그녀와 성관계를 맺는 꿈을
꾸었습니다.

탈무드에 의하면 이것은 길몽입니다. 왜냐하면,
꿈은 간절한 소망의 표현으로, 실제로 성관계를 했다면
꿈을 꿀 리가 없기 때문입니다.

그만큼 자기 억제를 잘 하고 있다는 증거이기 때문에
그것은 매우 좋은 일인 것입니다.

자기에 대한 존경, 자기에 대한 지식, 자기에 대한 억제,
이 세 가지만이 생활에 절대적인 힘을 가져다준다. - 테니슨

진실로 두려운 것

 어느 랍비가 로마에 갔을 때,
포고가 내려져 있었습니다.
포고문에는 다음과 같이 쓰여 있었습니다.

'왕비가 아주 값비싼 장식품을 잃어버렸다. 30일 이내에
그것을 가지고 오는 사람에게는 막대한 상금을 주겠다.
그러나 30일이 지나서 그것을 소유하고 있는 사람은
사형에 처할 것이다.'

랍비는 우연찮게 왕비의 장식품을 발견하게 되었는데,
31일이 되어서야 왕비에게 그 장식품을 전해 주었습니다.
왕비가 랍비에게 물었습니다.
"당신은 30일 전 포고가 내려졌을 때 로마에 있었습니까?"
"예."
왕비가 다시 물었습니다.
"그러면 30일이 지나서 그것을 가지고 오면 당신은
어떤 처벌을 받게 되는지도 알고 있겠네요?"
"예."

왕비가 이번엔 의아하다는 표정을 지으며 물었습니다.

"만약 어제 이것을 돌려주었으면 당신은 큰 상을
받았을 텐데, 어째서 오늘에야 돌려주는 것인가요?
당신은 목숨이 아깝지 않은가요?"

랍비가 대답했습니다.

"만약 30일 이내에 이것을 왕비께 돌려 줬다면,
사람들은 당신을 두려워하거나 존경을 해서 돌려줬다고 생각
할 것입니다."

"단지 그 이유 때문에 오늘 가져온 것이란 말인가요?"

"나는 당신을 두려워하지 않으며,
내가 두려워하는 것은 오직 하느님이라는 것을 사람들에게
가르치고 싶었기 때문입니다."

왕비가 경건한 태도를 취하며 랍비에게 말했습니다.

"그와 같은 훌륭한 하느님을 가진 당신에게 깊은 경의를
표합니다."

희
망

용서를 구하는 방법

 한 남자가 어느 사람에 대해 나쁜 말을 하여
상처를 입혔습니다.

자신의 잘못을 깨달은 남자는 그 사람을 찾아가 용서를 구했습니다.

"지난번엔 제가 도가 지나쳐 선생님을 음해했습니다.

제가 잘못했으니, 너그럽게 용서해 주셨으면

고맙겠습니다."

그러나 남자는 그 사람에게 용서를 받지 못했습니다.

이럴 때는 어떻게 해야 할까요?

이런 경우 열 명의 사람을 향해서 "저는 지난번에 어떤 사람에게

큰 잘못을 저질렀는데, 정말 제 자신이 잘못했다고

생각하고 있으니, 저의 이 행위를 용서해 주셨으면 합니다."라고

말합니다. 이때 그 열 명이 모두 용서해 주면 용서를 받게 됩니다.

왜 열 명이라는 숫자가 나왔느냐 하면, 유태교는 예배당에서

기도를 할 때 열 명이 되어야 비로소 단체가 됩니다.

아홉 명까지의 사람은 개인, 열 명부터

집단으로 인정되기 때문입니다.

남을 많이 용서하되 자신은 결코 용서하지 말라. - 푸블릴리우스시루스

희
망

물건을 사고파는 사람을 위해

 탈무드에 의하면 물건을 사는 사람은
보증인이 없더라도 좋은 품질을 요구할 수 있습니다.
설령 파는 사람이 상품에 결함이 있어도
반품할 수 없다는 조건을 붙여서 판 물건일지라도
그 상품에 결함이 있을 경우 산 사람은
반환이나 교환을 요구할 수 있습니다.
그러나 물건의 하자에 대해 알고 샀을 경우에는
예외에 해당합니다.

예를 들어 어떤 사람이 자동차를 팔면서 이 차에는 엔진이
없다는 것을 알리고 팔았다면,
이 경우에는 반품을 하지 못합니다.

거짓은 거짓으로, 성심은 성심으로 보답된다.
상대방의 성심을 바라거든 이쪽에서도 성심을 표하라. - 토마스 만

사고팔기

유태 사회에는 여름과 겨울에 토지의 크기를 재는 줄이 달랐습니다. 계절에 따라 줄의 길이가 달랐기 때문입니다. 또 항아리에 액체를 담을 경우에도 전에 담았던 것이 굳어 있으면 안 되기 때문에 바닥을 깨끗이 하도록 엄하게 감독하고 있습니다. 구매자에게는 물건을 사서 적게는 하루, 길게는 일주일 동안 사람들에게 보여서 의견을 들을 수 있는 권리가 주어져 있습니다. 그 물건의 진가를 당장 옳게 판단할 수 없기 때문입니다. 탈무드 시대에는 가격이 일정하게 정해져 있지 않아 파는 사람이 마음대로 가격을 정했습니다.

그래서 상식적인 값보다 6분의 1 이상 부풀려 팔았을 경우에는 매매를 무효로 하는 게 통례였습니다. 또 잘못된 저울로 팔았을 경우에는, 올바른 저울로 달아서 팔 것을 요구할 권리가 구매자에게 있었습니다.

또 사는 사람이 이미 사겠다고 의사를 나타낸 물건은 다른 사람이 사서는 안 된다는 규정도 정해져 있습니다.

희망

인간은 세 종류로 나눌 수 있다. 지혜를 사랑하는 자, 영예를 사랑하는 자, 이익을 사랑하는 자이다. - 플라톤

다리우스의 매듭

 다리우스라는 페르시아 왕이 있었습니다.
어느 날 그는 그 누구도 풀 수 없는 매듭을
엮어 놓고는 이렇게 말했습니다.
"이 매듭을 푸는 사람이 소아시아의 지배자가 될 것이다."
사람들은 이것을 다리우스의 매듭이라고 불렀습니다.
많은 사람들이 온갖 지혜를 짜내 이 매듭을 풀려고 했지만
모두 실패하고 말았습니다. 이 때 알렉산더 대왕이
그 매듭을 살펴보더니 별안간 칼을 빼어 들었습니다.

그리고는 단 칼에 그 매듭을 잘라 버렸습니다.
그러자 매듭이 우수수 풀렸습니다.

위기의 시기에는 가장 대담한 방법이 때로는 가장 안전하다. - 키신저

물건을 살 때에도

한 랍비가 땅을 사기 위해 흥정을 하고 있었습니다.
그런데 나중에 온 다른 랍비가
먼저 돈을 지불하고 그 땅을 사버렸습니다.
그것을 본 랍비가 나중에 온 랍비에게 물었습니다.
"만약에 말이요, 어떤 사람이 과자가 먹고 싶어서 과자의
품질을 살피고 있는데, 나중에 온 사람이 그 과자를 먼저
샀다면 그게 옳은 일인가요?"
나중에 와서 땅을 산 랍비가 대답했습니다.
"그건 나중에 와서 과자를 산 사람이 잘못한 것이지요."
그러자 먼저 땅을 사려던 랍비가 땅을 산 랍비에게 말했습니다.

"당신이 지금 땅을 산 것과 나중에 과자를 사러 온 사람과
경우가 같지 않습니까? 나는 막 이 땅에 가격을 매겨서 흥정하고
있던 중이었소. 그런데 어떻게 그런 짓을 할 수 있습니까?"

굶주린 야만인은 나무에서 과일을 따서 그것을 먹는다. 개화된 사회에서는
나무에서 과일을 딴 사람이 그것을 배고픈 사람에게 팔고,
그것을 또 다른 사람이 산다. - 칼릴 지브란

소유권

 동물의 소유권은 낙인으로 증명할 수 있습니다.
시계 등에는 이름을 새길 수가 있습니다.
자동차나 건물 같은 것은 관청에 가서 등기할 수 있습니다.
그러나 물건에 따라서는 이름을 쓰거나 등기하기가
곤란한 경우도 있습니다.

두 사람이 극장에 갔는데, 마침 한 가운데에 두 개의 좌석이
비어 있어서 거기에 앉으려고 했습니다. 그런데 그 자리에는
소유권을 알 수 없는 물건이 놓여 있었고, 동시에 두 사람이
그 물건을 발견했습니다. 그리고는 서로 자기 물건이라고
주장했습니다.
이 경우 탈무드는 '먼저 만진 사람이 이긴다.' 라고
결론을 내리고 있습니다.

그 이유는 보았다는 것은 아무도 입증할 수 없지만 만졌다는
것은 입증하기 쉽기 때문입니다.

우리가 아무 것도 세상에 가지고 온 것이 없으매 또한 아무 것도 가지고 가지
못하리니 우리가 먹을 것과 입을 것이 있은 즉, 족한 줄로 알 것이다. - 성서

다이아몬드를 돌려주는 것은

어느 랍비가 나무꾼으로 생계를 유지하고 있었습니다.
그는 산에서 시내로 매일 나무를 날랐습니다.
그는 이 왕복시간을 줄이고 탈무드 공부에 더 열중하기 위해
당나귀를 사기로 하고는, 한 아랍인으로부터
당나귀를 사게 되었습니다. 랍비는 자신이 가르치던 제자들과
냇물에서 당나귀를 목욕시키다가 당나귀의 목에
다이아몬드가 있는 것을 보게 되었습니다.
제자들은 이 다이아몬드로 가난한 스승 랍비가
나무꾼 신세를 면하고, 자기들을 가르칠 시간이 더 많아지게
되었다고 기뻐했습니다. 그런데 랍비는 그 길로 곧바로
당나귀를 판 아랍인을 찾아가 다이아몬드를
돌려주려고 했습니다. 그 모습을 보고 제자가 물었습니다.
"스승님께서 사신 당나귀가 아닙니까?"
"그렇지, 나는 당나귀를 산 일은 있지만 다이아몬드를
산 일은 없단다. 그러니 내가 산 것만을 갖는 것이

옳은 게 아니겠느냐?"
그리고는 아랍인을 찾아가 다이아몬드를 돌려주었습니다.
그러자 아랍인이 물었습니다.
"당신은 이 당나귀를 샀고, 다이아몬드는 그 당나귀에
딸려 있었던 것이니, 이것은 돌려주지 않아도 됩니다."
아랍인의 말을 들은 랍비가 말했습니다.

"유태의 전통은 자신이 산 물건 외에는
가져서는 안 됩니다.
그러니 이 다이아몬드를 당신에게
돌려 주는 것은 당연한 것입니다."

희망

벌금의 규칙

 어느 유태인 회사의 유태인 사원이

회사의 공금을 가지고 도망갔습니다.

유태인 사장은 노하여 경찰에 신고를 하려고 했습니다.

그때 회사의 간부가 사장을 말리고는

근처의 랍비를 찾아가 어떻게 할 지를 물었습니다.

랍비가 대답했습니다.

"우선 정말로 돈을 갖고 도망쳤는지 다시 한번

확인해 보는 것이 좋을 것입니다. 그리고 만약 그가

돈을 갖고 도망을 쳤더라도 그를 경찰에 고발해서는 안 됩니다.

경찰에 고발하면 교도소에 가게 될 것이 분명한데,

이것은 유태인이 취할 태도가 아닙니다."

간부가 이유를 물었습니다. 랍비가 다음과 같이

대답을 하였습니다.

"만약 그가 감옥에 들어가면 회사는 돈을 돌려받을 수 없게

됩니다. 그렇기 때문에 그를 감옥에 넣기 보다는 먼저 돈을 돌려

받고, 그것에 덧붙여 벌금을 내게 하는 것이 현명한 방법입니다."

사람들의 지혜란 먼 것만을 알고 오히려 가까운 것을 모른다. - 회남자

불공정한 거래

어느 날 한 남자가 랍비를 찾아와, 다른 상점에서
값을 부당하게 할인하여 자기의 고객을 빼앗고 있다고
호소했습니다. 랍비는 먼저 탈무드에 있는
다음과 같은 글을 그 남자에게 보여 주었습니다.

어떤 상품을 팔고 있는 상점 바로 옆에 똑같은 상점을 열고,
똑같은 상품을 팔아서는 안 됩니다.
그렇지만 두 개의 상점이 있어서 한 상점이 팝콘을 경품으로
내 놓았고, 아이들이 그것을 좋아해 어머니까지 모시고 와
상품을 구매하게 되면 의견은 여러 가지로 갈리게 됩니다.
우선 값을 내려 경쟁하는 것은 손님의 이익이 되니
좋은 것 아니겠느냐는 랍비가 있는가 하면,
손님을 유혹하기 위해서 값을 내리거나 경품을 붙인 것은
부당한 경쟁이라는 랍비도 있습니다.
그러나 다수의 랍비들은 손님이 이득을 얻는 가격할인 경쟁은
불공정한 경쟁이 아니라는 결론을 내리고 있습니다.

랍비는 남자에게 탈무드를 보여준 뒤, 다음과 같이

희망

거래는 물물교환이 아니라면 도둑질인 셈이다. - 칼릴 지브란

말했습니다.

"훔친다는 행위는 명확히 금지되어 있지만,
값을 얼마간 내리는 것은 정당한 행위이다."

랍비가 이렇게 말을 한 것은 자유경쟁의 원리에서
소비자가 이득을 본다면 그것은 바람직한 것이라고
생각하기 때문입니다.

💜 💜 💜 💜 💜 💜 💜 💜 💜 💜 💜 💜 💜 💜 💜

소중한 시간

 어느 손님이 벤자민 프랭클린이 경영하는
서점에 들어와 한참 책을 고르더니,
벤자민 프랭클린에게 물었습니다.

"이 책은 얼마입니까?"

"1달러 입니다."

책값을 들은 손님은 책이 비싸다고 생각되었는지
다음과 같이 말했습니다.

"조금 싸게 주시면 안 될까요?"

"그러면 1달러 15센트만 주십시오."

손님은 값을 깎아 달라고 말했는데 오히려 값을 올려서 부르자
프랭클린이 잘못 알아들었는 줄 알고 다시 말했습니다.

"아니, 저는 깎아 달라고 말했거든요?"

그러자 이번엔 한술 더 떠 높은 가격을 불렀습니다.

"아니, 1달러 50센트를 내셔야 하겠는데요."

프랭클린의 말에 손님은 기가 차다는 듯 화를 내며
따지듯 말했습니다.

"뭐야, 가격이 점점 비싸지잖아. 대체 이유가 뭐요?"

그러자 플랭클린이 태연하고도 조용한 목소리로

그 이유를 말해 주었습니다.

"이 보세요, 손님. 시간은 돈보다 더 귀한 것인데
손님께서 제 시간을 소비시켰으니,
책값에 시간 비를 가산해야 하지 않겠습니까?"

먹이를 잡아먹기는 하지만

 세상의 모든 동물들이 뱀을 앞에 놓고 이야기를
나누고 있었습니다.

"사자는 먹이를 쓰러뜨린 후 먹고, 늑대는 먹이를 찢어 먹는다.
그런데 어째서 너는 먹이를 통째로 삼켜 버리는 것이냐?"
그러자 뱀이 동물들을 향해 한 마디 했습니다.

"나는 먹이를 잡아먹기는 하지만 상처를 입히는 일이 없으니,
그대들처럼 남을 헐뜯는 자보다 낫다고 생각한다. 나는 혀로
상대에게 상처를 입히는 일은 결코 하지 않으니 말이다."

희망

> 말이 입힌 상처는 칼이 입힌 상처보다 깊다. - 모르코 속담

셋째 딸의 말을 믿지 않은 이유

 세 딸을 둔 아버지가 있었습니다. 세 딸은 모두
나무랄 데 없는 미인이었습니다. 그러나 문제는
세 딸 모두 각기 하나씩의 결점을 가지고 있다는 것이었습니다.
그 결점이란 첫째는 게으르고, 둘째는 도벽이 있었고,
셋째는 남 험담하기를 즐기는 것이었습니다.
시간이 흘러 세 딸이 결혼적령기가 되었습니다.
그러자 한 남자가 찾아와 아버지에게 제안을 했습니다.
"이것 보십시오. 제게는 아들이 셋이 있고 댁은 딸이 셋이 있으니,
댁의 따님들을 제 며느리로 주셨으면 하는데 어떻게 생각하십니까?"
그러자 딸을 둔 아버지가 대답했습니다.
"좋습니다만, 우리 딸들에게는 결점들이 하나씩 있답니다.
첫째는 게으르고, 둘째는 도벽이 있으며
셋째는 남 험담하기를 좋아한다오."
"아, 그것은 걱정하지 마십시오. 제가 모든 책임을 지고
주의시키겠습니다."
이리하여 마침내 세 자매와 세 아들은 결혼을 했습니다.
시아버지는 게으른 큰며느리를 위해서는
수많은 하인들을 고용했으며,

도벽이 있는 둘째 며느리를 위해서는 큰 창고 열쇠를 주며
얼마든지 가지고 싶은 것을 맘껏 꺼내 쓰도록 했습니다.
그리고 남 험담하기를 좋아하는 셋째 며느리는 매일 아침마다
일찍 불러서 오늘은 누구를 헐뜯을 것인지를 물었습니다.

어느 날 시집 간 딸들이 어떻게 사는지 궁금해서 딸들의
아버지가 사돈댁을 방문했습니다. 먼저 큰 딸이 아버지에게
말했습니다. "아버지, 저는 마음껏 게으름을 피울 수 있어
참으로 행복하답니다."
다음은 둘째 딸이 말했습니다. "아버지, 저도 무엇이든지
갖고 싶은 것을 가질 수 있어 참으로 만족하고 있습니다."
마지막으로 셋째 딸이 말했습니다.
"아유 아버지, 저는 시아버지가 자꾸 남녀관계를 강요하는
바람에 견딜 수 없습니다." 하지만 아버지는
셋째 딸의 말만은 믿지 않았습니다.

이유는 셋째 딸이 그의 시아버지를 헐뜯고 있다는 것을 알고
있었기 때문입니다.

희망

혀의 중요함 1

 한 장사꾼이 거리를 거닐고 있었습니다.
그는 큰 소리로 이렇게 외치고 다녔습니다.

"여기 참 인생의 비결이 있습니다. 이 비결을 살 사람이
없습니까?"

그러자 장사꾼의 외침을 들은 온 동네 사람들이 인생의 비결을
사려고 모여들었습니다.

그 가운데에는 랍비도 몇 사람 끼어 있었습니다.

모여 든 수많은 사람들은 모두 아우성이었습니다.

"어서 참 인생의 비결을 내게 파시오."

그러자 장사꾼이 모여 든 사람들을 향해 외쳤습니다.

"모두들 그 비결을 꼭 사가도록 하십시오."

이렇게 말하고는 잠시 뜸을 들인 장사꾼이 그 비결에 대해
입을 열었습니다.

"여러분, 인생을 참되게 사는 비결은 자신의 혀를 함부로
사용하지 않는 것입니다."

생각이 깊지 못한 사람은 항상 입을 놀린다. - 호머

혀의 중요함 2

 어느 랍비가 자신의 제자들을 위해
만찬을 베풀었습니다.
음식으로는 소의 혀와 양의 혀가 요리로 나왔는데,
그 중에는 딱딱한 혀와 부드러운 혀가 있었습니다.
제자들은 다투어 부드러운 혀로 만든 요리를
먹으려고 했습니다.
그것을 본 랍비가 제자들에게 말했습니다.

"여러분들도 자기의 혀를 언제나 부드럽게 해 두길 바라네.
딱딱한 혀를 가지고 있는 사람은 언제나 남을
노하게 하거나 불화를 초래하게 마련이니 말일세."

사람은 자기 일보다 남의 일을 더 잘 알고 더 잘 판단한다. - 테렌티우스

혀의 중요함 3

어느 랍비가 하인을 불러 심부름을 시켰습니다.
"시장에 가서 무엇이든 맛있는 것을 사오도록 해라."
하인은 시장에 가서는 혀를 사가지고 돌아왔습니다.
이틀쯤 지나자 랍비는 하인을 불러 다시 심부름을 시켰습니다.
"이번엔 시장에 가서 아주 싼 음식을 사오도록 해라."
하인은 이번에도 혀를 사가지고 돌아왔습니다.
그러자 랍비가 하인에게 물었습니다.
"맛있는 것을 사오라고 해도 혀를 사오고, 값이 싼 음식을
사오라고 해도 혀를 사오니 도대체 그 이유가 무엇이냐?"
물음을 받은 하인이 대답했습니다.

"혀가 좋은 것일 때는 그보다 더 좋은 것이 없지만
나쁜 것일 때는 그 이상 나쁜 것이 없기 때문입니다."

험담은 세 사람을 죽인다. 말하는 사람, 험담의 대상이 된 사람, 듣는 사람. -
미드라쉬

독서는 지식의 보고

 미국의 전직 상원의원 중에는 하루 두 시간씩의
꾸준한 독서로 그 유식함을 인정받은 사람이 있습니다.

그는 가난하여 학교 공부를 별로 하지 못했습니다.

그런데도 그가 이렇게 모르는 것이 없을 정도로

유식하게 된 데에는 책을 손에서 놓지 않는

독서습관 때문이었습니다.

학교 공부도 얼마 하지 못한 그의 박식함에 의문을 갖고 있던

한 젊은이가 그를 찾아와 비결을 물었습니다.

"저는 의원님을 존경합니다.

저 역시 선생님처럼 유식해지고 싶은데 그 비결 좀

알려 주시면 안 되겠습니까?"

젊은이의 청에 그가 대답했습니다.

"비결이라, 비결이 있다면 이것일세.

나는 이른 나이도 아닌 열여덟 살 때부터 하루에 두 시간씩

책을 읽기로 결심했지. 차를 탈 때나, 사람을 기다릴 때나

여행을 할 때도 책을 읽는 일만은 멈추지 않았지.

신문이나 잡지는 물론, 소설이나 시도 읽었고

정치 평론과 경제서도 마다 않고 읽었지.

그렇게 책을 읽자는 결심을 하루도 거르지 않고
실행에 옮겼더니, 자연히 모르는 것을 알게 되었고
언제부터인가는 사람들이 나보고 유식하다고 하더군.

젊은이, 유식해지고 싶다면 책을 열심히 읽게.
내가 알려 줄 비결은 그것 뿐이라네."

책꽂이는 머리 쪽에 놓아야

지식의 상징은 책입니다.

유태인에게는 '책은 설사 적이라 할지라도
빌려달라고 하면 주저 없이 빌려 주어야 한다.
그렇지 않으면 당신은 지식의 적이 될 것이다.' 라는
격언이 있습니다.
심지어 1736년, 라트비아의 유태인가(街)에서는
책을 빌려 주지 않는 사람에게는
벌금을 물린다는 조례까지 정해 놓고 있었습니다.

또한 유태인의 가정에서는 책꽂이를 침대 다리 쪽에
놓아서는 안 되고, 머리 쪽에 놓아야 한다는 풍습이
전해져 내려오고 있습니다.

마음속의 아름다움이란 그대의 지갑에서 황금을 끄집어내는 것보다는
그대의 서재에 책을 채우는 일이다. - 존 릴리

무엇을 가지고

유태인들은 오랜 세월 동안 수없이 많은 박해를 당해 왔습니다. 도시가 불태워지고 재산을
몰수당하는 경우도 많았습니다. 그래서 유태인 어머니가
아이들에게 묻는 수수께끼엔 다음과 같은 것이 있습니다.
어머니가 아이에게 묻습니다.
"만약 네 집이 불타고 재산을 모두 빼앗겼다면
너는 무엇을 가지고 도망을 가겠느냐?"
이 물음에 아이들은 돈이나 보석을 가지고 도망을 간다고
대답을 할 것입니다. 그러면 어머니는 다시 암시를 하면서
묻습니다.
"형태도 색깔도 냄새도 없는 것이란다."
그래도 대답을 못하면 어머니는 가지고 갈 것은 돈도 보석도
그 무엇도 아닌, 지성이라고 일깨워 줍니다.

지성은 누구도 빼앗을 수 없는 것인 동시에 살아 있는 한
항상 몸에 지니고 있을 수 있는 것이기 때문입니다.

> 지구상에는 인간이외에는 위대한 것이 없다.
> 인간에게는 지성이외엔 훌륭한 것이 없다. - 해밀턴

혀가 강하다는 증거

 어떤 왕이 희귀한 병에 걸렸습니다.
의사가 말했습니다.
"폐하의 병은 암사자의 젖을 먹어야만 나을 수 있습니다."
이제 문제는 어떻게 암사자의 젖을 구해오느냐
하는 것이었습니다. 이때 한 남자가
꾀를 내어 왕의 약으로 쓸 수 있는 젖을 사자에게서
조금 짜낼 수 있었습니다.

왕궁으로 돌아오는 도중에 그는 잠이 들었는데,
자기 몸의 여러 부분이 서로 다투고 있는 꿈을 꾸게 되었습니다.
그것은 몸 중에서 어디가 제일 중요한 지에 대한
논쟁이었습니다.
먼저 다리가 말했습니다.
"만약 내가 없었더라면 사자가 있는 곳까지 갈 수 없었을 거야."
이어 눈이 말했습니다.
"내가 없었다면 사자가 사는 동굴을 찾지 못했을 거야."
심장도 한 마디 했습니다.
"내가 없었다면 지금까지 살아 있을 수 없었을 거야."

이때 갑자기 혀가 큰 소리로 외쳤습니다.

"내가 말할 수 없었다면 너희들은 아무 짝에도

쓸모가 없었을 것이야."

그러자 몸의 각 부분들이 일제히 혀를 향해

쓴 소리를 내뱉었습니다.

"뼈도 없는 조그만 고깃덩어리 주제에 건방진 소릴

지껄이고 있어."

이렇게 되자 남자가 궁전에 도착했을 때 혀가 속으로

입은 화의 문이요, 혀는 몸을 베는 칼이다. 입을 닫고 혀를 깊이 간직하면
몸 편안히 간 곳마다 튼튼하다. —전심지

중얼거렸습니다.

"누가 제일 중요한가를 이참에 알려 주고 말 테다."

왕이 남자에게 물었습니다.

"이 젖은 무슨 젖인가?"

남자가 난데없이 외쳤습니다.

"개의 젖입니다."

이에 깜짝 놀라 앞서 일제히 혀를 책망하던

몸의 모든 부분들은 혀가 얼마나 강한지를 깨닫고는,

혀에게 모두 사과했습니다. 그제서야 혀는

다음과 같이 말했습니다.

"아닙니다. 제가 잠깐 잘못 말한 것입니다.

이것은 틀림없는 암사자의 젖입니다."

이렇듯 중요한 부분인 혀가 자제심을 잃어버리면,

어처구니없는 일이 생기게 되는 것임을 이 이야기는

말하고 있는 것입니다.

용기를 잃는 일은

 고대 이스라엘에서 있었던 일입니다.

어느 사령관이 전령에게서 중요한 요새를 적에게

빼앗겼다는 사실을 보고 받았습니다. 그 보고를 받은 사령관의

얼굴에는 매우 당황하는 기색이 역력했습니다.

그 모습을 본 사령관의 아내가 그의 방으로

남편을 데리고 들어가서 말했습니다.

"저는 당신보다도 더욱 나쁜 일을 당했습니다."

"도대체 무슨 일이란 말이오?"

"저는 당신의 표정에서 당신이 낭패한 것을 읽었습니다.

요새는 잃어도 다시 찾을 수 있습니다.

그러나 용기를 잃는 일은 당신의 군대를 전부 잃는 것보다

나쁜 일입니다."

오늘 하나의 어려운 일을 참고 극복해냈다면, 그 순간부터 그 사람은
강한 힘의 소유자인 것이다. 고난과 장애물은
언제나 새로운 힘의 근원이다. - 버트란드 러셀

스스로의 결점을 없애기 위해

 그대는 말할지도 모릅니다, 세상 사람들이
그대의 총명한 재질을 칭찬해 주지 않는다고.
그리고 그게 사실일지도 모릅니다.

그러나 그대가 '자연에 의해 타고 나지 못했다' 라고
말할 수 없는 아름다운 자질이 그대에겐 많이 있습니다.
그러니 그대의 역량 내에서 자신의 아름다운 자질들을,
즉 진실성과 위엄, 노동에 대한 인고, 쾌락을 배척하는 힘,
그리고 자기에게 주어진 것들에 만족할 줄 아는 마음,
자비로움과 솔직함, 불필요한 것을 탐하지 않고
허영심으로부터 벗어나는 능력 등을 나타내 보이기 바랍니다.

그대는 지금 당장 드러내 보일 수 있는 자신의 능력이
얼마나 많이 숨겨져 있는지는 알지도 못하면서
타고난 무능력이나 결점 등을 들추며 자신 스스로를
비하시키고 있지는 않은지요? 아니면 천성적으로
결함이 있음을 불평하고, 남의 것을 탐하며, 아첨하고,
빈약한 자기 육신의 결점을 탓하며, 사람들을 불쾌하게 하고,

희망

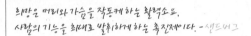

장황하게 허세나 부리고, 마음속에 계속 불안감만 지니고
살아갈 것인가요?

아니, 결코 그렇지 않을 것입니다. 어쩌면 그대는 더 먼
이전부터 그런 사실들로부터 해탈되어 있었는지 모릅니다.
진실로 그대가 우둔하고 멍청한 사람이라는 비난을 받게 된다
해도, 그대는 자신의 그 우둔 완만함을 그냥 넘겨 버리거나
그것을 즐겨서는 안 됩니다. 그대는 자신 스스로의 결점을
없애기 위해 부단히 노력하지 않으면 안 됩니다.

| Chapter 3 | 삶을 변화시키는
지혜의 탈무드

자신을 분석하면 할수록 겉으로 보이는 자신은 그만큼 왜소해지는
법이다. 이것이 지혜의 첫걸음이다. 낮아지고 겸손하라.
그리하면 지혜로운 사람이 될 것이다.
심히 약하고 보잘것 없다고 인정하라. 힘을 얻을 것이다. – 채닝

물 속에서 숨을 쉬어야 했던 것처럼

한 청년이 소크라테스를 찾아왔습니다.
"저는 지식을 탐구하러 왔습니다."
소크라테스가 물었습니다.
"자네의 그 욕구가 얼마나 간절한가?"
"꼭 이루고야 말겠습니다."
청년의 말을 들은 소크라테스는 청년을 바닷가로
데리고 가서는 턱밑까지 오는 물 속으로 떼밀어 버렸습니다.
그리고는 청년이 물 위로 고개를 내밀었을 때 물었습니다.
"네가 가장 필요했던 게 뭐냐?"
"공기입니다. 숨을 쉬어야 했습니다."
그러자 소크라테스가 다음과 같이 조언을 했습니다.

"네가 물 속에서 숨을 쉬어야 했던 것처럼 지식을 갈구한다면
지식은 네 것이 될 수 있을 것이다."

지식은 힘이다 - 베이컨

6일째 만들어진 인간

 성서에 의하면, 세상은 하루, 이틀, 사흘……
이렇게 차례를 거쳐서 6일째 완성되었다고 합니다.
그리고 인간이 만들어진 것은
그 마지막 6일째라고 밝히고 있습니다.
왜 인간이 최후에 만들어졌는지 그 의미에 대해
어떻게 생각하고 있나요?

만약 파리 한 마리조차도 인간보다 먼저 만들어졌다는 사실을
생각한다면 인간은 그렇게 오만하게 굴지는
않을 것입니다.

바로 인간에게 자연에 대한 겸손을 가르치기 위해서 입니다.

자신을 분석하면 할수록 겉으로 보이는 자신은 그만큼 왜소해지는 법이다.
이것이 지혜의 첫걸음이다. 낮아지고 겸손하라.
그리하면 지혜로운 사람이 될 것이다. 심히 약하고 보잘 것 없다고 인정하라.
힘을 얻을 것이다. - 채닝

교육의 중요성

명망이 높은 랍비가 북쪽에 있는 도시에 시찰관을
파견했습니다. 시찰관은 그 도시를 지키는 사람을
만나서 조사할 것이 있다고 말하자, 치안을 담당하는
최고 책임자가 나왔습니다. 시찰관이 말했습니다.
"아닙니다. 우리는 도시를 지키는 사람을
만나고 싶을 뿐입니다."
그러자 이번엔 수비대장이 나왔습니다.
시찰관이 다시 말했습니다.
"우리가 만나고 싶은 사람은 경찰서장이나 수비대장이
아니라, 학교의 교사입니다. 경찰관이나 군인은 도시를
파괴할 뿐이고,

진정 도시를 지키는 사람은 교사입니다."

한 명의 훌륭한 교사는, 때로는 타락자를 건실한 시민으로 바꿀 수 있다. - P. 윌러

유서로 남긴 지혜

어느 유태인이 아들을 멀리 떨어진 예루살렘에 있는
학교에 입학시켰습니다.

아들이 학교에서 공부하고 있는 사이, 갑자기 큰 병이 든
아버지는 아무래도 아들을 만나보지 못하고 죽을 것 같아
다음과 같은 유서를 아들에게 썼습니다.

'나의 전 재산을 한 노예에게 물려주기로 하되,
다만 그 중에서 아들이 바라는 하나만을 아들에게 주도록 하라.'

마침내 병을 앓던 아버지가 죽자, 전 재산을 물려받은
노예가 아들이 있는 학교를 향해 발걸음을 재촉했습니다.
"아, 나에게 이런 횡재가 생기다니!"
이렇게 중얼거리며 아들이 다니는 학교에 도착한 노예는
아들에게 아버지의 죽음을 전한 뒤 유서를 보여 주었습니다.
아들은 매우 슬퍼하며 눈물을 흘렸습니다.
아버지의 장례를 치른 아들은 앞길이 막막해져 어떻게 하면
좋은가를 곰곰이 생각했습니다.
그는 랍비를 찾아가 자초지종을 설명한 뒤

불평을 늘어놓았습니다.

"왜 아버지는 제게 유산을 남기지 않으셨을까요?
저는 지금껏 아버지를 화나게 한 적이 한번도 없는데 말입니다."
랍비가 그런 아들에게 말했습니다.
"천만에! 자네 아버님은 매우 현명하고, 또한 자네를 진심으로
사랑하고 계셨다네. 이 유서를 가만히 살펴보면
그것을 알 수 있지 않나."
영문을 모르는 아들은 랍비의 말을 반박했습니다.
"노예에게 전 재산을 물려주시면서 아들에게는
아무 것도 남기시지 않다니, 애정은커녕 어리석은 행위로
밖에는 생각이 되지 않습니다."
그러자 랍비가 아들을 타이르듯 다시 말했습니다.
"자네도 아버님처럼 현명하게 생각해 보게.
아버님이 무엇을 바라고 그러셨는가를 잘 생각해보면
자네에게 훌륭한 유산을 주셨다는 것을 알 수 있을 것이네."
이렇게 말한 랍비는 잠시 아들에게 생각할 시간을 주고는
말을 이어갔습니다.
"자네 부친께서는 자기가 죽었을 때 아들이 없기 때문에,
노예가 재산을 갖고 도망가거나, 재산을 탕진해 버리거나,
자기가 죽은 것조차 자네에게 알리지 않을지 모른다고
생각하고는 우선 노예에게 전 재산을 주었던 것일세.

재산을 노예에게 전부 주면, 노예는 기뻐하며 서둘러
자네에게 연락을 취할 뿐 아니라 재산을 소중하게
관리할 것이라고 판단했던 것이지."
여기까지 얘기해도 여전히 이해를 하지 못한 아들은
퉁명스럽게 물었습니다.
"그것이 제게 무슨 소용이란 말씀입니까?"
그러자 랍비가 딱하다는 듯 혀를 차며 말을 했습니다.
"젊은 사람이라 역시 지혜가 모자라는군. 노예의 재산은
전부 주인에게 속하고 있다는 것을 모르나? 자네 아버님
재산 중에 하나만큼은 자네에게 주시겠다고 하지 않으셨나?
자네가 노예를 택하면 되는 것 아닌가. 그러니 이 얼마나
애정이 깊고 현명한 생각이 아니겠는가!"
아들은 그제서야 겨우 부친의 참뜻을 깨닫고는 랍비가
말하는 대로 따랐으며 나중에 노예를 해방시켜 주었습니다.
그리고는 다음과 같이 말했습니다.

'나이든 사람의 지혜는 당할 수가 없다.'

바보에게는 지혜로운 사람이 소용없으나 지혜로운 사람에게는
많은 소용이 되는 것이다. 현명한 자는 바보를 보고 깨달음을 얻으며
자신을 훈련하는 것이다. -발타자르 그라시안

지갑 찾기

어느 상인이 물건을 구매하기 위해 도시로 왔는데, 며칠 후 바겐세일이 있는 것을 알고는 물건 구매를 미루기로 했습니다. 그런데 그는 많은 현금을 가지고 있었으므로 그것을 몸에 지니고 다니는 것이 아무래도 불안했습니다. 그래서 그는 으슥한 곳을 찾아내 자기가 가지고 있던 돈을 몽땅 땅에 묻었습니다.

그런데 다음 날 그곳에 가보니 묻어 두었던 돈이 감쪽같이 사라져 버렸습니다. 그는 곰곰이 생각해 보았으나 자신이 돈을 파묻는 것을 본 사람이 없었기 때문에 어떻게 해서 돈이 없어졌는지 알 수 없었습니다. 헌데 그곳에서 조금 떨어진 곳에 집이 한 채 있었고, 그 집의 벽에 구멍이 뚫려 있는 것이 눈에 들어 왔습니다.

그는 아마도 그 집에 살고 있는 사람이 자신이 돈을 파묻는 것을 구멍으로 보고, 나중에 파내 간 것이 틀림없다고 생각했습니다.

그는 그 집을 방문해 그 집에 살고 있는 늙은 영감을

만났습니다. 그는 영감에게 물었습니다.

"당신은 도시에서 오랫동안 살아 왔으니 저보다 현명할
것입니다. 당신의 지혜를 빌릴 만한 일이 있는데,
도와주시겠습니까? 나는 사실 물건을 사기 위해
이 도시로 온 사람인데, 지갑을 두 개 가지고 왔습니다.
하나는 5백 개의 은화가 들어 있고 다른 하나에는 8백 개의
은화가 들어 있습니다. 나는 작은 지갑을 몰래 어느 곳에
파묻어 두었습니다. 그래도 마음이 안 놓여서 그러는데,
큰 지갑도 같이 묻어 두는 것이 좋을까요?"

늙은 영감이 대답했습니다.

"내가 만약 당신이라면 누구도 믿지 않을 것이오.
나 같으면 작은 지갑을 묻은 장소에 큰 지갑도 함께 파묻겠소."

이렇게 말한 욕심쟁이 영감은 상인이 집에서 나가자마자 자기가
훔쳐온 지갑을 그곳에 갖다가 묻어 놓았습니다.

상인은 그것을 숨어서 지켜보고 있다가 영감이 사라진 뒤
파내어 지갑을 되찾는데 성공했습니다.

딸을 학자에게 시집보내기 위해서는

 딸을 학자에게 시집보내기 위해서는
모든 것을 다 팔아도 좋습니다.

반대로 학자의 딸을 얻기 위해서는 집안의 모든 재산을
잃어도 좋습니다

무식은 신의 저주이며 지식은 하늘에 이르는 날개다. -셰익스피어

자신을 살린 지혜

 진나라 문공 때의 일입니다. 왕의 식사시간이 되자
신하가 고기를 꼬치에 구워 바쳤습니다.
그런데 문공이 고기를 맛있게 먹으려는 순간 그 꼬치에
머리카락이 붙어 있는 것을 발견하게 되었습니다.
문공은 몹시 화가 나서 고기를 구운 신하를 잡아 들였습니다.
"너는 내가 목이 막혀 죽기를 바라느냐? 어찌하여 고기에
머리카락이 붙어 있느냐?"
그러자 신하는 털썩 엎드려 눈물을 흘리며 말했습니다.
"폐하, 제가 죽을 때가 되었나 봅니다. 제게 다음과 같은
세 가지 죄목이 있습니다. 먼저 들으신 후 죽여주십시오."

"그래 그 세 가지 죄목이 뭐냐?"
문종이 물었습니다.

"예, 폐하! 우선 첫째는 가장 좋은 숫돌로 칼을 갈아 보검보다
더 날카로웠으나 고기만 잘랐지
머리카락은 잘르지 않은 죄입니다. 둘째는 나무꼬챙이로 고기
를 꿰었는데 그 때도 머리카락을 발견하지 못한 죄입니다. 셋
째는 고기를 이글거리는 호로 위에다 걸어놓고
오랫동안 구웠는데도 그 머리카락만을 태우지 못한 죄입니다."

이 말을 들은 문종은 뭔가 집히는 것이 있어 조리실에 있는
다른 신하들을 모두 잡아다 문초를 하였습니다.
그랬더니 그 중에 꼬치를 만든 신하를 해치고자
일부러 머리카락을 붙인 자가 있었습니다.
만약 꼬치를 만든 신하가 음식을 만드는 방법을 조리있게
설명을 하지 못했다면 다른 신하가 모해하려는 것을
전혀 알지 못했을 것입니다.

손을 꼭 쥐고 있는 이유

 인간은 태어날 때 손을 꼭 쥐고 있지만,
죽을 때는 펴고 죽습니다.

인간이 태어날 때는 세상의 모든 것을
다 움켜쥐려 하기 때문입니다. 그러나 반대로 죽을 때는
모든 것을 다 남겨두고 아무 것도 가지고 갈 수 없기
때문입니다.

> 인간에게 가장 필요한 지식은 어떻게 살 것인가, 어떻게 하면 악을 멀리하고
> 선을 더 많이 행할 수 있는가 하는 것이다. - R. 데카

결론이 나오지 않은 이야기는

 탈무드에는 사람들이 여러 가지 문제를 놓고,
4개월, 6개월, 혹은 7년이라는 긴 세월 동안 계속해서
문제를 제기했다는 이야기가 많이 있습니다.
그 중 결론이 나오지 않은 이야기도 있는데, 그런 경우의
이야기 맨 끝에는 '알 수 없다' 라고 씌어져 있습니다.

이것은 '정말로 알 수 없을 때에는 알 수 없다고 하는 것이
가장 좋다' 는 것을 가르치고 있는 것입니다.

그리고 탈무드에는 결정이 내려진 이야기에도
반드시 소수의견을 소개하고 있습니다.
소수의견은 기록해 두지 않으면 없어져 버리기 때문입니다.

자기 생각만 옳다고 고집하는 사람은 다른 사람의 의견을
제대로 받아들일 수 없다. 어떤 일에 대하여 자기 생각을 주장하기 전에
다른 사람의 말을 들어보라. 우리는 어느 쪽이 옳은지를
비교하는 습관과 태도를 가져야 한다. - 탈무드

계약

 어느 종업원이 일한 대가로 일주일마다
고용주에게서 임금을 받기로 되어 있었습니다.
그런데 임금은 현금이 아니라 가까운 상점에서 물건을 사가면
고용주가 상점 주인에게 그 액수만큼 돈을 주는 것이었습니다.

일주일이 지났습니다. 갑자기 종업원이 불만스런 얼굴로
고용주에게 와서 말했습니다.
"상점 주인이 현금을 가져오지 않으면 물건을 주지 않겠다고
하니, 임금을 현금으로 지불해 주십시오."
마침 그때 상점 주인도 오더니 다음과 같이
말하는 것이었습니다.
"댁의 종업원이 이만큼의 물건을 가지고 갔으니,
대금을 지불해 주십시오."
두 사람의 말을 들은 고용주는 먼저 사실을 확인하기 위해
충분히 조사해 보았지만 종업원도 상점 주인도

'우리는 성인이 아니지만 약속을 지켰다'고 얼마나 많은 사람들이
자랑할 수 있는가? - S.버케트

서로 자기 주장이 옳다고 주장했습니다.
이럴 때 고용주는 어떻게 해야 하는가?

고용주는 근처의 랍비를 찾아가 이 문제를 어떻게
처리해야할 지 의논하였습니다. 자초지종을 들은 랍비는
두 사람 모두에게 신의 이름으로 선서를 시켰습니다.
그러나 두사람은 끝까지 자기 주장을 굽히지 않았습니다.
결국 랍비는 고용주에게 두 사람 모두에게 돈을 지불할 것을
명했습니다.
종업원은 상점의 청구와는 직접적인 관계가 없었으며,
상점 주인 역시 종업원과는 직접적인 관계가 없었기
때문이었습니다.
그런데 고용주는 양쪽 모두와 관계가 있으므로
종업원과 상점 주인 모두에게 돈을 지불해야 한다는
것이었습니다.

이 문제는 어떤 일이든 쉽게 계약을 맺어서는 안 된다는
가르침을 사람들에게 주고 있습니다.

균형

  인생만큼 균형을 취하며 살아가지 않으면 안 되는 것도 없습니다. 다음은 인생을 줄타기에 비유한 이야깁니다.

두 사나이가 악한에게 쫓겨서 깊은 골짜기 낭떠러지까지 오게 되었습니다. 낭떠러지를 건너는 데에는 한 개의 로프가 설치되어 있을 뿐이었습니다. 두 사람은 어쩔 수 없이 이 로프를 타고 건너기로 하였습니다. 먼저 첫 번째 사나이가 곡예사처럼 재빨리 낭떠러지를 건넜습니다. 두 번째 사나이가 건너려고 아래를 내려다보니 아슬아슬한 천길 낭떠러지였습니다. 그는 양손을 입에다 대고 먼저 건넌 사내에게 외쳤습니다.

"너는 멋지게 건넜는데, 그 요령 좀 알 수 없을까?"

먼저 건넌 사내가 대답했습니다.

"나도 이런 로프를 건너는 것은 처음이었는데, 한쪽으로 기울어질 것 같으면 얼른 다른 한쪽에 힘을 넣어 균형을 잡았어. 방법은 균형을 잡는 거야."

언제 하느님이 부르실 지 모르니

 왕이 자신의 신하들을 만찬에 초대했습니다.
그러나 만찬이 언제 열리는 지에 대한 정확한
시간은 알려주지 않았습니다.
'왕이 직접 하신 말씀이니, 언제라도 만찬은 열릴 것이다.
만찬을 위해 일찌감치 준비해두자.'
이렇게 생각한 현명한 신하는 언제 만찬이 열리더라도
곧 달려갈 수 있도록 왕궁의 정문 앞에서 기다렸습니다.

그러나 어리석은 신하의 생각은 달랐습니다.
'만찬을 준비하기까지는 시간이 꽤 걸릴 것이 분명하다.
그러니 아직 여유가 있다.'
이렇게 생각한 어리석은 신하는 아무런 준비도 하지 않고
있었습니다.
그 결과 만찬이 열렸을 때, 현명한 신하는 곧 정문을 지나서 만
찬회장에 참석할 수 있었지만 어리석은 신하는

너무 지체하는 바람에 만찬의 진수성찬을 먹을 수
없었습니다.

언제 하느님이 우리를 부르실 지 모릅니다.
따라서 우리는 창조주로부터 만찬에 초대되었을 때
당황하지 않을 수 있도록 만반의 준비를 하고 있어야 합니다.

지
혜

사치를 잠재운 지혜

　　영국 헨리 4세 때 부녀자들의 사치가
　　날로 심해지자 정부에서 이 같은 풍토를
막아 보려고 무던히 애를 썼습니다. 여러 방법으로
계몽에 나서보기도 하고 주의를 환기시키고자
특단의 조치를 발표 해 보았으나, 효과는 별로 없었습니다.
하는 수 없이 정부는 의복 따위에 황금이나 보석을
장식하는 것을 금지시키는, 강제성을 띠는 법을 만들어
공포를 했지만 사치는 수그러들지 않았습니다.

이런저런 방법을 동원해도 사치향락 풍조가 개선되지 않자
정부는 더욱 난감해졌습니다. 만든 법을 폐지할 수도 없고
더 강력한 법을 만들 수도 없는 형국에 놓인 정부는
공포한 법을 국민이 따르게 할 방법을 찾고 또 찾다가
기발한 생각을 하게 되었습니다.
공포한 법에다 새로운 사항 하나를
추가하는 것이었습니다. 그리고 이것은 대성공이었습니다.
추가한 문구는 다음과 같았습니다.

"매춘부와 소매치기에게는 이 법이 적용되지 않는다."

이 사항을 새롭게 추가해 법을 공포하자,
영국의 시내에는 매춘부와 소매치기로 불릴 만한 사치품을
몸에 걸치고 다니는 사람이 눈에 띄게 줄었습니다.
어느 누구도 매춘부나 소매치기로 오해받기는
싫었기 때문입니다.

솔로몬 왕의 재판

 세 사람의 유태인이 안식일에 예루살렘에
도착했습니다. 그 때는 은행이 없던 시절이었기
때문에 세 사람은 가지고 있던 돈을 모두 땅에 묻었습니다.
그런데 그 중 한 사람이 몰래 돈을 몽땅 가져가 버렸습니다.
돈이 없어진 것을 안 세 사람은 솔로몬 왕을 찾아가
누가 돈을 훔쳤는지 밝혀달라고 했습니다.
솔로몬 왕이 세 사람에게 말했습니다.
"음, 그보다 먼저 내가 지금 재판하기에 곤란을 겪고 있는
일이 있는데, 함께 풀어 봐 줬으면 좋겠소.
그러면 당신들 세 사람 문제는 내가 해결해 주겠소."
세 사람은 솔로몬 왕의 말에 동의를 했습니다.
솔로몬 왕이 이야기를 시작했습니다.

젊은 아가씨가 어떤 남자와 결혼 약속을 했습니다.
그런데 얼마 지나지 않아 아가씨가 다른 남자와
사랑에 빠지게 되었고, 맨 처음 약혼한 남자를 만나
위자료를 물어도 좋으니 헤어지자고 요청했습니다.
그러자 그 남자는 위자료는 필요 없다고 말하며 약혼을

취소해 주었습니다.

그런데 그녀는 돈이 많아 어떤 노인에게 그만

유괴되고 말았습니다. 그녀가 말했습니다.

"저는 약혼했던 남자에게 파혼을 요구했는데, 그는 위자료도

받지 않고 저를 약혼의 굴레에서 해방시켜 주었습니다.

당신도 그 사람과 똑같이 제게 해주었으면 합니다."

그 말을 들은 노인은 돈을 받지 않고 그녀를 풀어 주었습니다.

솔로몬 왕이 세 사람에게 물었습니다.

"이 중 누가 제일 칭찬 받을 행위를 한 사람일까요?"

첫 번째 사람이 대답했습니다.

"맨 처음 아가씨와의 약혼을 취소해 준 사람이

칭찬받아야 합니다. 그는 그녀의 의사를 무시하면서까지

결혼하려 하지 않았음은 물론 위자료도

받지 않았기 때문입니다."

두 번째 사람이 대답했습니다.

"저는, 아가씨가 칭찬을 받아야 한다고 생각합니다.

그녀는 용기를 갖고 사랑하지 않는 처음 남자에게

약혼 취소를 요구하고, 진정으로 사랑하는 사람과

지혜

결혼을 했기 때문입니다."
세 번째 사람이 대답했습니다.
"이 이야기는 뒤죽박죽이어서 저는 종잡을 수가 없습니다.
유괴한 사람도 돈 때문에 유괴를 했을 텐데,
돈도 받지 않고 풀어주다니, 이야기의 줄거리가
전혀 감이 잡히지 않습니다."
그러자 솔로몬 왕이 큰 소리로 외쳤습니다.
"당신이 바로 범인이오."
이어 그 이유를 말했습니다.

"다른 두 사람은 애정이라든가, 아가씨와 약혼자 사이에
전재하고 있던 인간관계 등 그 사이에 벌어졌던
긴장관계 같은 것을 알아차렸는데 당신은 돈밖에 생각하고
있지 않았소. 당신이 틀림없는 범인이오."

탈무드가 위대하다는 증거

제2차 세계대전 당시 나치의 수용소에서는
6백만 명이나 되는 유태인이 죽었습니다.
다행히 목숨을 건진 사람들이 미국의 트루먼 대통령에게
답례로 탈무드를 선물했습니다.
이것은 전후 독일에서 만들어진 탈무드였습니다.

유태인의 전멸을 꾀한 독일에서조차도
탈무드가 인쇄되고 발행되고 있다는 것은
그만큼 탈무드가 위대하다는 것을 나타내는 증거인 것입니다.

인간은 복수를 반대하고 미움과 앙갚음을 거부하는 방식으로 모든 인간의 갈등을
해소시켜야만 한다. 이런 방법은 사랑의 기반 위에서 가능하다. - 마틴 루터 킹

태아보다 산모가 먼저

 한 유태인 산모가 난산으로 매우 위독한 상태에
이르렀을 때, 나는 그 산모 남편의 부름을 받고
한밤중에 병원으로 가게 되었습니다.
산모는 심한 출혈로 몹시 고통스러워하고 있었습니다.
뱃속의 아기는 그 부부의 첫 아기였습니다.
의사의 말로는 산모의 생명이 아주 위태롭다고 했습니다.
나는 우선 아기의 상태가 어떤지 의사에게 물어 보았습니다.
의사가 말했습니다.
"아기의 생명조차 확신할 수 없는 상태입니다."
결국 아기를 구하든가, 산모를 구하든가,
선택을 하지 않으면 안 되는 처지에 놓이게 되었습니다.
남편도 산모도 모두 첫 아이를 간절히 바라고 있었으며,
산모는 자기가 죽더라도 아기는 꼭 살리고 싶다고 말했습니다.
여러 가지로 상의한 끝에 부부는 나의 결정을 따르기로 했습니다.
나는 먼저 부부에게 물었습니다.
"내가 내리는 결정은 내 개인의 결정이 아니라 탈무드와
유태 사회의 전통이 내리는 결정이므로
반드시 따를 수 있겠는가?"

부부가 대답했습니다.

"유태의 전통이라면 기꺼이 받아들이겠습니다."

한 번 더 다짐을 받은 나는 산모의 목숨을 구하고
아기를 희생시키는 결정을 내렸습니다.

그러자 산모는 그것이 살인을 저지르는 것과 다를 바 없다며
강하게 반대했습니다.

그러나 유태의 전통에 따르면 아기는 태어나기 전까지는
생명이 없다고 생각하고 있습니다.

목숨을 살리기 위해서는 몸의 일부분,
예컨데 팔을 잘라내는 일도 할 수 있는 것입니다.

유태의 전통에서는 그러한 때에는 반드시 어머니를
살리게 되어 있습니다.

그런데 마침 그곳에 있던 카톨릭 신부가 이 결정을 듣고는
자기의 생각 같아서는 산모의 희생으로 아기를 살리는 것이
옳다고 말했습니다.

카톨릭 사회에서는 아기가 잉태되는 그 순간부터
이미 하나의 생명으로 인정받습니다.

그 교리에 따르면 산모는 이미 세례를 받았기 때문에

구원을 받을 수 있지만 아기는 아직 세례를
받지 않았기 때문에 구원을 받을 수 없다는 것입니다.
따라서 유태의 결정은 옳지 못하다고 말했습니다.
그러나 결국 부부는 나의 결정을 따랐고,
아기의 희생으로 산모의 목숨을 건졌습니다.
그 뒤 얼마 지나지 않아서 그들에게
귀여운 둘째 아이가 태어났습니다.

비유태인을 위한 7계

 유태교에서는 결코 비유태인을 유태화 시키려고 하지 않았으므로, 선교사를 보내는 일 등은 하지 않았습니다. 다만 서로 평화스런 관계를 유지하기 위해 비유태인에게는 일곱 가지만 지켜달라며 다음과 같은 계율을 주었습니다.

1. 살아 있는 동물을 죽여서 즉시 날고기로 먹지 말 것.
2. 사람을 욕하지 말 것.
3. 훔치지 말 것.
4. 법을 어기지 말 것.
5. 살인하지 말 것.
6. 근친상간을 하지 말 것.
7. 부적절한 관계를 갖지 말 것.

인생은 반복된 생활이다. 좋은 일을 반복하면 좋은 인생을,
나쁜 일을 반복하면 불행한 인생을 보내는 것이다. - W.NL 영안

태어났을 때보다 영원히 잠들었을 때

 짐을 가득 실은 배 두 척이 항구에 떠 있었는데,
한 척은 출항하려는 배였고, 한 척은 입항하는 배였습니다.
사람들은 배가 떠나갈 때는 성대하게 전송하지만,
돌아올 때는 별로 환영하지 않습니다.
탈무드에 의하면 이것은 매우 어리석은 습관입니다.

떠나가는 배의 미래는 알 수 없습니다. 폭풍을 만나
배가 가라앉을지도 모릅니다. 그런데 그것을 왜 성대하게
전송하는 것일까? 긴 항해를 끝내고 무사히 배가 돌아왔을 때,
그 때야말로 크게 환영해야 하는 것입니다.
그것은 임무를 완수하고 돌아왔기 때문입니다.
인생에 있어서도 마찬가지입니다.

아이가 태어나면 모두가 축복하지만 아이의 탄생은,
마치 인생이라는 바다에 처음 출항하는 배와 같은 것입니다.
그러므로 그 아기의 미래에 어떤 일이 일어날 지
아무도 모르는 것입니다. 병으로 죽을 지,
무서운 살인범이 될 지도 모르는 것입니다.

하지만 사람이 영원한 잠에 들어갔을 때에는,

그가 인생에서 무엇을 했는 지를 알 수 있으므로,

그 때야말로 비로소 그를 축복해야 하는 때인 것입니다.

잘 보낸 하루가 행복한 잠을 가져오듯이,
잘 쓰여진 인생은 행복한 죽음을 가져온다. - 레오나르도 다빈치

아무 것도 보이지 않는 곳에서

　　　열매가 주렁주렁 열려 있는 나무 아래에 아미라는
　　　사람과 아들이 서 있었습니다. 나무의 열매를
바라보고 있던 아미라는 사람이 아들에게 말했습니다.

"저 나무의 열매를 따서 쪼개어 보아라."

아들이 열매를 따서 쪼개자 그는 아들에게 물었습니다.

"무엇이 보이느냐?"

"작은 씨가 있습니다."

"그럼 그 중 하나를 쪼개어 보아라."

아들이 또 씨를 쪼개었습니다.

"무엇이 보이느냐?"

"아무 것도 보이지 않습니다."

그러자 아미는 아들을 바라보며 말했습니다.

"네가 아무 것도 보이지 않는다고 하는 그 곳에서

저 큰 나무가 돋아 나오는 것이란다."

> 인내는 힘이다. 시간과 인내는 뽕잎을 비단으로 만든다. - 중국속담

오른쪽도 왼쪽도 아닌 가운데

 어떤 군대가 행진하고 있었습니다.
그런데 길 오른쪽에는 눈이 내리고
얼음이 얼어 있었습니다.
반대로 왼쪽은 불길이 치솟고 있었습니다.
이 군대는 오른쪽으로 가면 얼어 죽고,
왼쪽으로 가면 타 죽게 될 상황이었습니다.

하지만 가운데는 오른쪽의 시원함과 왼쪽의 따뜻함이
적당하게 섞여 있는 길이었습니다.

인생에서 중요한 법칙은 만사에 중용을 지키는 일이다. - 테렌티우스

지
혜

한 가정의 평화를 위해

   랍비 메이어는 설교를 잘하기로 유명했습니다.

그는 매주 금요일 밤에 설교를 했는데, 항상 많은
사람들이 그의 설교를 들으러 예배당으로 모여 들었습니다.
그 가운데 특히 그의 설교를 대단히 좋아하는 여자가
있었습니다. 보통 유태사회의 여자들은 이튿날의 안식일을
위하여 금요일엔 요리를 만들거나 다른 여러 가지 일을
해야만 했습니다. 그런데도, 그 여자만은 메이어의 설교를
듣기 위해 만사를 제쳐놓고 예배당을 찾았습니다.

어느 날 메이어는 다른 때보다 더 길게 설교를 했고,
그녀는 그의 설교를 다 듣고 난 뒤, 밤이 늦어서야 집으로
돌아갔습니다. 그런데 남편이 문 앞에서 그녀를 기다리고
있다가 화를 벌컥 내며 말했습니다.
"당신, 지금 정신이 있는 거야, 없는 거야? 내일이 안식일인데도
아직까지 아무 요리도 준비하지 않고 도대체 뭘 하고 다니는
거야? 대체 이 시간까지 어디에 있었던 거야, 응?"
남편의 윽박지름에 여자가 대답했습니다.
"예배당에서 랍비 메이어의 설교를 듣고 왔어요."

그러자 남편은 더욱 화를 내며 말했습니다.
"그래, 그렇다면 그 랍비의 얼굴에 침을 뱉고
돌아올 때까지는 절대 집에 들어올 생각 마!"
그래서 그녀는 당분간 친구의 집에 머물기로 했습니다.

이 말을 들은 랍비 메이어는, 자기의 설교가 너무 길었기
때문에 한 가정의 평화가 깨졌음을 깨닫고 그녀를 조용히
불러 눈이 쑤신다고 호소하며 말했습니다.
"이것은 침으로 씻어야만 나을 수 있소.
부인이 좀 도와주시오."
그래서 그녀는 랍비의 눈을 향해 침을 뱉었습니다.
제자들이 이 모습을 보고 물었습니다.
"선생님께선 대단히 명망이 높으신 랍비인데,
어찌하여 여자가 얼굴에 침을 뱉게 내버려두셨습니까?"
그러자 랍비 메이어가 아무렇지도 않다는 듯 대답했습니다.

"한 가정의 평화를 되찾아 주기 위해서는 그것이 무엇이든
하지 않으면 안 되는 것이다."

어느 나라에도 속해 있지 않는 바다

한 배에 여러 나라 사람이 타고 있었습니다.
그런데 갑자기 폭풍우가 몰아치자 사람들은
각기 자기 나라와 자기 나름대로 믿는 신에게
기도를 올리기 시작했습니다.
하지만 폭풍우는 점점 더 거세어질 뿐이었습니다.
그런데도 기도를 올리지 않는 유태인이 있었습니다.
사람들이 그에게 물었습니다.
"당신은 어째서 기도를 올리지 않소?"
그 말을 들은 유태인은 말없이 기도를 하기 시작했고,
그와 동시에 폭풍우는 잠잠해 졌습니다. 항구에 배가 닿자
사람들이 그에게 물었습니다.
"우리들이 기도했을 때는 폭풍우가 더욱 거세졌는데,
당신이 기도를 하자 폭풍우가 잠잠해진 이유가 무엇일까요?"
유태인이 대답했습니다.

구하라, 받을 것이다. 찾으라, 얻을 것이다. 문을 두드려라, 열릴 것이다.
누구든지 구하면 받고, 찾으면 얻고, 문을 두드리면 열릴 것이다. – 성경

"이유는 모르겠지만, 제 생각은 이렇습니다. 여기 계신 분들은
모두 자기 나라가 믿고 있는 신에게 기도를 올렸을 텐데,

바다는 어느 나라에도 속해 있지 않거든요.
제가 믿고 있는 신은 온 우주를 지배하는 큰 신이시기 때문에,
제 기도를 들어주신 것 같네요."

꼬리와 같은 지도자를 선택해서는

 뱀의 꼬리는 항상 머리가 가는 대로 따라다녀야 하는 것에
불만을 가지고 있었습니다.

그런 어느 날 마침내 꼬리가 머리에게 불만을

터트리고 말았습니다.

"왜 나는 늘 네 꽁무니만을 따라 다녀야 하는 거지?

그리고 언제나 내 의견을 묻지도 않고 네 맘대로 방향을 정하는

건 또 무슨 경우냐? 이것은 너무 불공평 해. 나도 뱀의 일부인데

언제나 노예처럼 따라 다녀야 하다니, 이건 말도 안돼."

그러자 머리가 말을 했습니다.

"아니, 지금 무슨 말을 하는 거니. 너는 앞을 볼 수 있는

눈도 없고, 위험을 감지할 수 있는 귀도 없으며

행동을 결정할 수 있는 두뇌도 없지 않니?

나는 절대 나 자신만을 위해 행동하는 것이 아니야.

너를 진심으로 생각하고 있기 때문에 너를 안전하게

인도하고 있는 거야."

그 말을 들은 꼬리가 큰 소리로 비웃으며 말했습니다.

"그런 말은 이제 싫증이 나. 세상의 모든 독재자들을 보라구.

말로는 자신을 따르는 사람들을 위해 노력하고 있다고 하지만

백성을 다스리는 임금은 마치 활 쏘는 사람과 같아, 그 손에서 털끝만큼만
빛나가도 결과에가서는 몇 길이나 어긋나게 마련이다. - 회남자

사실은 제 마음대로 하고 있잖아."

그러자 말싸움에 지친 머리가 짜증을 내며 말했습니다.

"그렇다면 지금부터는 네가 내 역할을 해 보도록 해."

머리의 말을 들은 꼬리는 좋아라 하며 앞장서서 나아가기

시작했습니다. 그런데 얼마 못 가서 그만 개울에 처박히고

말았습니다. 머리가 한참 동안 고생한 끝에 간신히 개울을

빠져 나오자 이번에는 가시덤불 속으로 들어가 버리고

말았습니다. 꼬리가 빠져 나오려고 애를 쓰면 쓸수록 뱀은

더욱 깊은 덤불 속으로 빠져 들어갔습니다.

역시 이번에도 머리의 도움을 받아 간신히 빠져나올 수

있었지만, 몸은 상처투성이였습니다. 그래도 꼬리는 고집을

꺾지 않고 또 다시 앞장서 나갔습니다. 그러다가 그만

활활 타오르는 불길 속으로 들어가 버리고 말았습니다.

몸은 점점 뜨거워지고, 절박해진 머리가 필사적으로

몸을 빼내려고 노력했으나, 이번에는 빠져나올 수가 없었습니다.

결국 몸은 불타고 꼬리도 머리와 함께 죽고 말았습니다.

머리는 아무 대책도 없는 꼬리의 시샘에 의해

죽게 된 것이었습니다.

지도자를 선택할 때도 언제나 머리를 선택해야지,

이 꼬리와 같은 지도자를 선택해서는 안 되는 것입니다.

아버지의 유산 찾기

예루살렘에 사는 사람이 여행을 하다가 병에 걸리고
말았습니다. 그는 살아날 가망이 없다고 스스로
판단하고 여관 주인을 불러 유언을 전했습니다.

"나는 아무래도 죽을 것 같으니, 내가 죽은 후에 예루살렘에서
누군가 찾아오면 내 소지품을 전해주기 바랍니다. 그러나 그가
세 가지 지혜로운 행동을 하기 전에는 결코 내 소지품을
내 줘서는 안 됩니다. 왜냐하면 내가 여행길에 나서기 전
아들에게, '혹여 여행 중에 내가 죽게 된다면 너는 유산을
상속받기 위해 세 가지 지혜로운 행동을 해야 한다' 고
말해 두었기 때문입니다."

유언을 마친 지 얼마 지나지 않아 여행자는 죽고 유태사회의
전통에 따라 장례식을 치뤘습니다.

그리고 마을 사람들에게도 알리고 그 사람의 가족이 있는
예루살렘에도 전갈을 보냈습니다.

아버지의 죽음을 전해 들은 아들은, 아버지가 죽은 마을의
성문까지 오게 되었습니다.

그런데 그는 아버지가 죽은 여관을 찾을 수 없었습니다.

이유는 그의 아버지가 죽으면서 아들에게 자신이 머물렀던
여관을 가르쳐 주지 말라고 여관주인에게 유언을
했기 때문이었습니다.
결국 아들은 혼자서 그 여관을 찾아야만 했습니다.
마침 그때 아들 앞으로 나무를 잔뜩 진 나무꾼이 지나갔습니다.
아들은 그를 불러 세워 나무를 산 뒤, 예루살렘에서
온 여행자가 죽은 여관에 갖다 주라고 하고는 그 나무꾼 뒤를
따라갔습니다. 나무꾼의 방문에 놀란 여관 주인이 말했습니다.
"나는 나무를 시킨 적이 없는데."
그러자 나무꾼이 아들을 가리키며 대답했습니다.
"이 분이 나무를 사고는 이 여관에 갖다 주라고 했습니다."
이것이 아들의 첫 번째 슬기로운 행동이었습니다.

여관 주인은 기쁘게 그를 맞아들이고는
저녁식사를 준비해 왔습니다.
식탁에는 다섯 마리의 비둘기와 한 마리의 닭이
준비돼 있었습니다. 그리고 여관 주인과 그의 아내,
두 아들과 두 딸까지 일곱 명이 식탁에 앉았습니다.
집주인이 손님인 아들에게 부탁했습니다.
"이 음식을 모두에게 골고루 나누어 주셨으면 합니다."
아들은 사양 했지만 주인은 거듭 부탁을 했습니다.

지혜 있는 자가 힘센 자보다 강하고, 지식 있는 자가
무력을 쓰는 자보다 강하다. - 성경

"당신이 손님이시니, 당신이 나누어 주시는 것이 좋겠습니다."
그러자 아들은 할 수 없다는 듯이 음식을 나누기
시작했습니다. 먼저 한 마리의 비둘기를 두 아들에게
나눠주었습니다. 또 한 마리의 비둘기는 두 딸에게 주고,
또 한 마리의 비둘기는 부부에게 주었습니다. 그리고 그는
나머지 두 마리의 비둘기를 자신을 위해 남겼습니다.
이것이 그의 두 번째 슬기로운 행동이었습니다.

주인은 이것을 보고 몹시 못마땅했으나,
아무 말도 하지 않았습니다.
다음에 그는 닭을 나누기 시작했습니다. 먼저 머리를 부부에게
주었습니다. 두 아들에게는 다리를 주고, 두 딸에게는 날개를
준 뒤 나머지 몸통은 자신이 가졌습니다.
이것이 그가 세 번째 행한 슬기로운 행동이었습니다.

그러나 아들의 이런 모습을 보다 못한 주인이 화를 벌컥 내며
소리쳤습니다.
"이 보시오. 당신이 사는 예루살렘에서는 이렇게 합니까?

비둘기를 나눌 때만 해도 참으려고 했는데, 닭을 나누는 것을
보고 있으려니 도저히 참을 수가 없구료.
도대체 이런 무경우가 어디 있단 말이오?"
그러자 아들이 말했습니다.
"저는 음식을 나누는 일을 맡고 싶지 않았습니다.
하지만 당신이 하도 간청을 해서 제 딴에는 최선을 다해
나눈 것입니다. 당신과 부인, 그리고 한 마리의 비둘기를
합치면 셋이고, 두 아들과 한 마리의 비둘기를 합치면 셋,
두 딸과 한 마리의 비둘기를 합치면 셋, 거기에 두 마리의
비둘기에 나를 합치면 셋이 됩니다. 이것은 매우 공평합니다.

또 주인 내외분은 이 댁의 가장이시니 닭의 머리를 드렸고,
두 아들은 이 댁의 기둥이므로 다리를 주었습니다.
두 딸에게 날개를 준 것은, 머잖아 날개를 달고
좋은 집안으로 시집을 갈 것이기 때문에 그리한 것입니다.
그리고 나는 배를 타고 여기에 왔다 다시 돌아가야 하기
때문에 배와 비슷한 몸통을 가졌던 것입니다.

이제 제 아버지의 유산을 주십시오."

늦잠꾸러기 깨우는 법

오스트리아에 베르펠이라는 작가가 있었습니다.
그는 오스트리아 인상주의의 개척자였습니다.
그는 시는 물론 소설, 희곡, 수필을 계속 발표하며
작가로서 입지를 굳히기 위해 노력했습니다. 이런 그에게
단점이 있었는데 그것은 늦잠을 자는 버릇이었습니다.
그가 젊은 시절 베를린에 있는 서정시인으로 유명한
하이젠그라파와 같은 하숙집을 쓴 일이 있었습니다.
그는 여기서도 늦잠을 자기 일쑤였습니다. 그도 이런 그의
단점을 알고 있었기에 하숙집 아주머니에게 깨워 줄 것을
부탁하곤 잠들고는 했습니다. 그러나 문제는 한번 잠든
베르펠은 아주머니가 아무리 깨워도 잠에서 깨어나지
못할 때가 많다는 것이었습니다. 베르펠의 이런 모습을 보다
못한 하숙집 아주머니는 어떻게 하면 잠을 쉽게
깨울 수 있을까 궁리하다 좋은 묘책을 떠올리게 되었습니다.

지혜

> 사람이 성공하는 길은 돕는 것은 우연이라기보다는
> 확고한 목적의식과 근면이다. - 사무엘 스마일즈

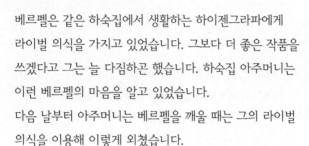

베르펠은 같은 하숙집에서 생활하는 하이젠그라파에게
라이벌 의식을 가지고 있었습니다. 그보다 더 좋은 작품을
쓰겠다고 그는 늘 다짐하곤 했습니다. 하숙집 아주머니는
이런 베르펠의 마음을 알고 있었습니다.
다음 날부터 아주머니는 베르펠을 깨울 때는 그의 라이벌
의식을 이용해 이렇게 외쳤습니다.

"베르펠 씨, 베르펠 씨! 빨리 일어나세요.
옆방의 하이젠그라파 씨는 벌써 일어나 시를
세 편이나 쓰셨답니다."

그런데 놀라운 것은 그렇게 깨워도 일어나지 못하던 그가
하숙집 아주머니의 이 말을 들으면 거짓말 같이
벌떡 일어난다는 것이었습니다. 게다가 이것이 계기가 되어
얼마의 시간이 흐른 뒤부터는 베르펠이 침대에서
늦장을 부리는 일도 볼 수 없게 되었습니다.

태양조차 쳐다볼 수 없으면서

어느 날 로마인이 랍비에게 물었습니다.

"당신들은 하느님 이야기만 하고 있는데, 그 신이 어디에 있는지 말해 줄 수 있겠소? 어디에 있는지 가르쳐 주면 나도 그 신을 믿겠소."

랍비는 로마인의 심술궂은 질문을 묵살해 버리지 않고,

로마인을 밖으로 데리고 나갔습니다.

"저 태양을 쳐다보시오!"

잠깐 태양을 힐끗 쳐다 본 로마인이 말했습니다.

"태양을 어떻게 똑바로 쳐다보란 말이오?"

그러자 랍비가 말했습니다.

"당신은 신이 창조한 많은 것 중 하나인 태양조차 쳐다 볼 수 없으면서, 어찌 위대한 신을 보려고 한단 말이오?"

신을 비웃는 자는 어리석은 자이다. -나폴레옹

자루를 제공해 주기 전에는

쇠가 처음 만들어 졌을 때, 세상에 있는
모든 나무들은 두려움에 떨었습니다.
하느님이 이것을 보고 나무들에게 말했습니다.

"걱정하지 마라. 쇠는 너희가 자루를 제공해 주지 않는 한
결코 너희들에게 상처를 입히지 못한다."

우리가 두려워하는 공포는 종종 허깨비이지만,
그럼에도 불구하고 실제 고통을 초래한다. - 실러

악마가 인간에게 준 선물

 최초의 인간이 포도를 심고 있었습니다.

그때 악마가 나타나 말을 건넸습니다.

"지금 무엇을 하고 있는 거야?"

인간이 대답했습니다. "훌륭한 식물을 심고 있는 중이지."

악마가 포도를 보고 말했습니다.

"이런 식물은 본 적이 없는데……"

인간이 악마를 보고 말했습니다. "여기엔 매우 달콤하고

맛있는 열매가 열리는데, 그 즙을 마시면 무척 행복해지지."

"그렇다면 나도 한몫 하게 끼워 줘."

악마는 이렇게 말하고는 양과 사자와 돼지와 원숭이를

죽이더니 그 피를 포도밭의 거름으로 쏟아 부었습니다.

포도주는 이렇게 탄생한 것이었습니다.

처음 마시기 시작할 때는 양처럼 온순하고, 조금 더 마시게

되면 사자처럼 강하게 되며, 그 보다 더 마시게 되면 돼지처럼

더럽게 됩니다. 너무 지나치게 마시면 원숭이처럼 춤을 추거나

노래를 부르게 됩니다.

이것은 악마가 인간에게 준 선물입니다.

> 술잔과 입술 사이에는 많은 실수가 있다. -팔라다스

사형

법원에서 한 마리 닭이 재판을 받고 있었습니다.
그것은 요람에 잠들어 있던 아기의 머리를
닭이 쪼아서 아기가 죽었기 때문이었습니다.
이를 목격한 증인들이 나와 여러 가지 증언을 했습니다.
그 결과 닭은 유죄판결을 받고는 사형을 당했습니다.

이 이야기는 비록 닭이라 할지라도 살인자로서 확실하게
유죄가 확정이 되지 않는 한, 쉽게 사형을 집행해서는
안 된다는 것을 말하고자 하는 것입니다.

우리는 모든 사람을 죽인다. 몇 사람은 총알로, 몇 사람은 말로.
모든 사람은 그들의 행위로 사람들을 무덤으로 몰아넣고도 그것을 보지도 않고
느끼지도 않는다. - M.고리키

아무 짝에도 쓸모없는 것은 없다

 다윗 왕은 평소에 거미는 장소를 가리지 않고
집을 짓는 더러운 벌레이자
아무 짝에도 쓸모없는 동물이라고 생각하고 있었습니다.
어느 날 전쟁 중에 그는 그만 적에게 포위되어 도망갈 곳을
찾지 못하고 있었습니다. 그는 일단 피하고 보자는 마음으로
근처에 있는 동굴 안으로 피신했습니다.
그런데 동굴 입구에는 마침 한 마리의 거미가 막 집을 짓고
있었습니다. 뒤쫓아 온 적의 병사들이 동굴 앞에 다다랐으나,
입구에 거미줄이 쳐져 있는 것을 보고는 동굴 안에 사람이
없으리라 생각하며 그냥 돌아갔습니다.

또 한번은 이런 일이 있었습니다.
다윗 왕은 적장의 침실에 몰래 숨어 들어가
그의 칼을 훔쳐낸 후 이튿날 다음과 같이 말하며
항복을 받으려는 구상을 하고 있었습니다.
"이것은 그대의 칼이다. 이렇듯 나는 그대의 칼 정도는
언제든지 뺏어올 수 있다. 마음만 먹으면 그대를 죽이는 것은
식은 죽 먹기라는 것을 아시오."

그러나 그 기회가 좀처럼 오지 않았습니다. 그러던 어느 날 밤
다윗 왕은 간신히 적장의 침실에 숨어들기는 했으나,
적장의 다리 밑에 칼이 놓여 있었기 때문에 아무리 해도
훔칠 수가 없었습니다.
할 수 없이 다윗 왕이 모든 것을 포기하고 막 돌아가려고 할
때, 한 마리의 모기가 날아와서 적장의 다리 위에 앉았습니다.
그러자 적장은 무의식중에 다리를 움직였고, 그 순간을 놓치지
않고 다윗 왕은 칼을 훔칠 수 있었습니다.

그리고 또 한번은 적병에게 잡힐 지도 모르는 위기에
처했을 때였습니다. 그는 별안간 미치광이 흉내를 내었습니다.
그러자 적의 병사들은 이 미치광이가 왕일 거라고는
생각지도 않고 지나쳐 갔습니다.

세상에는 아무 짝에도 쓸모없는 것은 없습니다.
그러므로 아주 작은 것이라 할지라도 소홀히 생각해서는
안 되는 것입니다.

상대를 좋게 보는 마음

 어느 날 공자가 제자 자공과 산책을 나갔습니다.
나무들이 빽빽하게 들어선 오솔길을
지나 넓고 넓은 호수에 다다르자 호수 옆에 누각이
나타났습니다. 공자와 제자 자공은 그 누각에서 잠시 쉬기로
하였습니다. 한참을 호수와 주변경치를 보고 있던
제자 자공이 공자에게 물었습니다.
"선생님, 부끄러운 질문이지만 선생님께서 보시기에 저는
어떤 사람입니까?"
그러자 공자가 온화한 미소를 지으며 대답했습니다,
"너는 그릇이다."
공자의 말에 자공은 궁금한 듯 다시 물었습니다.
"그릇이라면 중요한 물건을 담을 수 있는 것인데,
제가 그릇이라면 그릇 중 과연 어떤 종류의 그릇이겠습니까?"
공자는 여전히 온화한 미소를 머금은 채 자공을 바라보며
대답했습니다.
"너는 그릇 중에 으뜸인 제기이고, 제기 중에 으뜸인 호연(瑚
璉)이란다."

예의는 남과 화목함을 으뜸으로 삼는다. - 논어

가장 강한 사람은

사람의 육체는 마음에 의해 좌우됩니다.
　　마음은 보고, 듣고, 서고, 걷고, 기뻐하고,
굳세어지고, 부드러워지고, 슬퍼하고, 두려워하고,
오만해지고, 남에게 설득되고, 사랑하고, 미워하고, 원망하고,
탐구하고, 반성합니다.

가장 강한 사람은 자신의 마음을 조절할 수 있는 사람입니다.

나는 내 운명의 주인이요. 나는 내 마음의 선장이다. - 윌리엄 어네스트 헨리

법률

유태인의 법률에는,

대부분의 사람이 지킬 수 없을 정도의 법률을

만들어서는 안 된다는 원칙이 있습니다.

만인은 법 앞에 평등하다. - 자연법사상

신이 남긴 것

 인류 최초의 여성은 신이 아담의 갈비뼈를
한 개 훔쳐서 만든 이브입니다.

로마황제가 어느 랍비의 집을 방문해 물었습니다.

"신은 도둑이다. 어째서 남자가 잠들어 있는 사이에
허락도 없이 갈비뼈를 훔쳐 갔는가?"

곁에서 듣고 있던 랍비의 딸이 대화에 끼어들었습니다.

"황제의 부하 한 사람을 빌려 주실 수 있겠습니까?
조금 곤란한 일이 생겨서 그것을 조사시켰으면 합니다."

황제가 물었습니다.

"그건 별로 어려운 일이 아니지만, 문제란 것이 도대체
무엇인가?"

딸이 말했습니다.

"어젯밤 도둑이 집에 들어와서 금고를 하나 훔쳐갔습니다.
대신에 도둑은 금 그릇을 두고 갔습니다.
어째서 그랬는지 조사해 보고 싶어서입니다."

황제가 말했습니다.

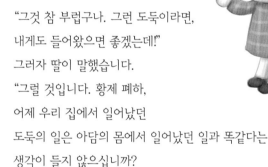

지혜

"그것 참 부럽구나. 그런 도둑이라면,
내게도 들어왔으면 좋겠는데!"
그러자 딸이 말했습니다.
"그럴 것입니다. 황제 폐하,
어제 우리 집에서 일어났던
도둑의 일은 아담의 몸에서 일어났던 일과 똑같다는
생각이 들지 않으십니까?

하느님은 갈비뼈를 하나 훔쳐 가면서,
이 세상에 여자를 남겨 두고 가신 것입니다."

원기 왕성한 나이에

 다음은 중국의 문장가 도연명이 지은 잡시입니다.

인생은 뿌리가 없어 나부끼는 길 위의 티끌과 같다.

티끌과 나뉘어 흩어져 바람을 따라 구르니,

이것은 이미 떳떳한 몸이 아니다.

땅에 떨어져서 형체가 되어도,

어찌 반드시 골육의 친함이 있으랴!

기쁨을 얻어서 마땅히 즐거움을 지으라.

한 말의 술이 이웃 사람들을 모은다.

원기 왕성한 나이는 거듭 오지 않고 하루에도

두 번 새벽이 없다.

때에 이르러 마땅히 힘쓰라. 세월은 사람을 기다리지 않는다.

신이 우리를 위해 예비하신 궁극적 목적에 대한 인식에 도달하는
가장 확실한 방법은 바로 지금 이 순간을 유용하게 보내는 것이다. -
프레드릭 윌리엄 파버

법률과 붕대

 법률이라는 것은 약과 같습니다.

어떤 나라의 왕이 상처를 입은 자기 아들에게
붕대를 감아주면서 말했습니다.

"아들아, 이 붕대를 감고 있는 동안만은 식사를 하거나
달리거나 물에 들어가더라도 아프지 않을 것이다.
그러나 이 붕대를 풀어 버리면 상처가 악화될 것이다."

인간도 이와 같은 것입니다. 인간의 마음 속에는
악한 것을 바라는 성질이 있습니다.

하지만 법률을 마음 속에서 버리지 않는 한
절대로 인간의 성질은 악화되지 않습니다.

착한 일은 작다 해서 아니 하지 말고, 악한 일은 작다 해도 하지 말라. -명심보감

조화할 수 없는 어울림

 호랑이와 양이 같은 우리 안에서 살 수 있을까요?
답은 '살 수 없다' 입니다.

시어머니와 며느리도 이처럼 한 지붕 아래서는
살 수가 없는 것입니다.

사내가 결혼할 때는 신부에게 계약서를 주고,
어머니에게 절연장(絶緣狀)을 보내야 된다. - 유태격언

암시(暗示)로부터 생기는 꿈

로마 장교가 랍비를 찾아 와서 물었습니다.
"유태인은 매우 현명하다고 들었는데,
오늘 밤 내가 무슨 꿈을 꿀 것인지도 알 수 있겠소?"
당시 로마의 최대 적은 페르시아였는데 랍비는 그것을
바탕으로 하여 대답을 했습니다.
"페르시아가 로마를 습격해 로마군을 쳐부수고,
로마를 지배하며, 로마인을 노예로 삼아 로마인이
제일 싫어하는 일을 시키는 꿈을 꾸게 될 것이오."
다음날 아침에 로마의 장교가 랍비를 다시 찾아와 물었습니다.
"어떻게 그대는 내가 어젯밤에 꿀 꿈까지
미리 예측할 수 있었소?"

그 장교는 꿈이 암시로부터 생긴다는 것을 알지 못했고,
자신이 암시에 걸려 있었다는 사실 조차도
모르고 있었던 것입니다.

암시하는 법을 아는 것은 가르치는 큰 기술이다. - 아미엘

천국행, 지옥행

한 남자가 아버지에게 살찐 닭을 한 마리
잡아 드렸습니다. 그것을 보고 아버지가 물었습니다.
"어디서 구해 온 닭이냐?"
아들이 대답했습니다.
"아버지는 그런 데까지 신경 쓰지 마시고
많이 잡숫기나 하세요."
아들의 대답을 들은 아버지는 더 이상 묻지 않았습니다.

다른 한 남자가 있었습니다. 그의 아버지는 방앗간에서
일을 하고 있었는데, 때마침 국왕이 온 나라의
방앗간 일꾼들을 소집한다는 포고를 내렸습니다.
그러자 아들은 아버지가 강제로 끌려가는 것을 걱정하여
아버지에게 방앗간을 돌보게 하고는,
자신이 아버지 대신 왕궁으로 갔습니다.

요즈음은 부모에게 물질로써 봉양함을 효도라고 한다.
그러나 개나 말도 집에 두고 먹이지 않는가. 공경하는 마음이
여기에 따르지 않는다면 무엇으로써 구별하랴. - 공자

이 둘 중 누가 천국으로 가고, 누가 지옥에 떨어졌을까요?

두 번째 남자는 왕이 강제로 모집한 노동자들을
혹사시키는 것은 물론 먹을 것도 제대로 주지 않는다는 것을 알
고 있었습니다.
그렇기 때문에 아버지 대신 자기가 왕궁으로 간 것이었습니다.
따라서 그는 천국으로 갈 수 있었습니다.
그러나 아버지에게 닭을 잡아 드린 남자는 아버지의 질문에
충분히 대답을 하지 않았기 때문에 지옥에 떨어지고 말았습니다.

이것은 진심으로 대접하는 것이 아니라면,
아버지에게 소일거리를 드리는 것이 오히려 낫다는 것을
말하고 있는 것입니다.

허용되는 거짓말

 어떤 경우에 거짓말이 허용되는가?

탈무드에서는 두 가지 경우에는 거짓말을 해도
좋다고 말하고 있습니다.

첫째는 어떤 사람이 이미 사놓은 물건에 대해서
어떠냐고 의견을 물어 왔을 때,

설령 그것이 나쁜 물건일지라도 훌륭하다고
거짓말을 할 수 있습니다.

둘째는 친구가 결혼했을 때,

반드시 부인이 대단한 미인이며 행복하게 잘 살 것이라는
거짓말을 할 수 있습니다.

호의에서 나오는 거짓말은 불화를 일으키는 진실보다 낫다. - 사티

함께 사는 방법

 바다 속에서 큰 해일이 일었습니다. 그 바람에 물고기들이 다치는 일이 발생했습니다. 그 속에는 거북이와 자라도 있었습니다. 거북이는 눈을 다쳐 앞을 볼 수 없었고, 자라는 다리를 다쳐 헤엄을 칠 수 없었습니다. 거북이와 자라는 다친 상처를 움켜 쥐고 울 수밖에 없었습니다. 거북이가 한참 동안 울다가 가만히 들어보니 얼마 떨어지지 않은 곳에서 자라가 우는 소리가 들렸습니다. 거북이는 눈을 움켜쥐고 자라에게로 다가가 물었습니다.

"자라야, 너는 왜 우니?"

그러자 자라가 하소연하듯이 대답했습니다.

"나는 먹을 것을 보고도 걸을 수가 없어 이렇게 울고 있단다. 그런데 넌 왜 그렇게 슬픈 표정으로 얼굴을 가리고 있니?"

이번엔 거북이가 대답했습니다.

"나는 눈을 다쳐서 운단다."

거북이와 자라는 얘기를 나누다 보니 서로 처지는 다르지만 사정이 같다는 것을 알게 되었습니다.

그래서 자라가 거북이에게 이렇게 제안했습니다.

"우리 처지는 서로 다르지만 사정이 같으니
도우면서 함께 살도록 하자."

그러자 기다렸다는 듯이 거북이는 자라의 제안을
수락했습니다. 그리하여 다리 없는 자라가 눈 없는 거북이
등에 업혀 함께 다니면서 먹을 것을 찾아내 나누어 먹으며
살았습니다. 그러던 어느 날 자라가 맛있는 과일을 따서
저만 먹고 거북이에게는 나눠 주지 않았습니다.
이를 안 거북이가 자라에게 화를 냈습니다.
"어찌하여 맛있는 과일을 너만 먹고 나는 주지 않았느냐?"
이렇게 하여 자라와 거북이는 틈이 생겨 갈라서게 되었습니다.
그런데 각자 생활을 하다보니 눈 없는 거북이는 거북이대로,
다리를 잃은 자라는 자라대로 불편한 것이 한 두 가지가
아니었습니다. 며칠 동안 굶어 배가 고파 견딜 수 없게 되자,
둘은 서로 도우면서 배불리 먹던 때가 그리워졌습니다. 그렇게
또 며칠이 지나자 둘은 배고파 울지 않을 수 없었습니다.
서로 잘못을 뉘우치고 있을 때 지난번처럼 거북이가 다시 자라
곁으로 다가갔습니다. 자라 역시 거북이를 보고 싶어 했던 터라,
둘은 누가 먼저랄 것도 없이 와락 껴안았습니다.

가르치는 사람의 중요성

히브리어로 '파더' 라는 말은 교사라는 뜻을
지니고 있습니다. 카톨릭의 신부를
영어로 '파더' 라고 부르는 것은 히브리어의 개념을 가지고
있기 때문입니다.
유태사회에서는 아버지보다도 교사 쪽이 중요합니다.
만약 아버지와 교사가 동시에 감옥에 들어가고 한 사람만
구할 수 있다면 자식은 교사를 먼저 구해야 합니다.
그 이유는 유태사회에서는

지식을 전하는 교사가 대단히 중요한 사람이기 때문입니다.

인간은 교육을 통하지 않고는 인간이 될 수 없는 유일한 존재이다. -칸트

생활의 안정도 얻지 못하면서

생활의 안정도 얻지 못하면서 결혼하는 것은
어리석은 사람입니다. 어차피 헤어질 것이면
결혼하고 나서보다는 약혼 중에 하는 편이 낫습니다.

허니문은 1개월, 트러블은 평생이기 때문입니다.

사람들은 대개 정신없이 서둘러 결혼하기 때문에
한평생 후회하게 된다. - 몰리에르

지혜

삶을 사는 방법

 부드러워지는 것이 중요합니다.

하나님께서는 흙이라고 하는 똑같은 재료로 사람을
만들었지만, 각기 한 사람 한 사람은 다릅니다.
그러므로 서로 다른 사람들이 살아가자면 유연성을
가지고 있지 않으면 안 됩니다. 자기 혼자서만 세상을
살아가는 것이 아니기 때문입니다.
어느 랍비는 이렇게 말했습니다.

"언제나 갈대처럼 유연하라. 삼목처럼 키가 커서도 안 된다.
갈대는 어느 방향에서 바람이 불어와도 바람에 따라
휘었다가 다시 원위치로 돌아갈 수 있다. 바람이 없을 때도
자기의 위치에 서 있을 수 있다. 그런데 삼목은 어떠한가.
북쪽에서 강한 바람이 불어와도 쓰러질 것이고,
남쪽에서 강한 바람이 불어와도 쓰러져 버릴 것이다.
바람이 불지 않아도 쓰러진 삼목은 원위치로 돌아오지 못하고

쓰러진 채로 있다. 또한 갈대는 '토라이'를 쓰는 펜으로
쓰이지만 삼목은 집을 짓는 재료로 쓰이거나
장작이 되어 타버릴 것이다.

이것은 유연한 생활을 해 온 갈대에게는 좋은 여생이,
경직된 생활을 해 온 삼목은 벌을 받는 결과이다."

무엇 때문에

 한 젊은이가 주위를 둘러보지도 않고
서둘러 길을 가고 있었습니다.
랍비가 그런 젊은이를 불러 세우고는 물었습니다.
"젊은이, 무엇 때문에 그리 서둘러 가는 것이요?"
"생활에 쫓겨 그러합니다."
젊은이의 말을 들은 랍비가 다시 물었습니다.
"왜 그렇게만 생각하는 거요? 젊은이는 지금 생활이
앞서간다고 생각하고, 그것을 쫓고 있는 것이겠지요.
그렇지만 말입니다, 실제로 어쩌면 생활이 젊은이를
쫓아오고 있는 것 아닐까요."
랍비의 말을 듣던 젊은이는 급하다는 듯 다시 길을
재촉해 가려고 했습니다.

"이보오, 젊은이. 젊은이는 생활이 쫓아오기만을 기다리고
있어도 될 텐데, 왜 자꾸 생활에서 멀어지려고 하는 것이오?"

사람에게는 자신을 떠나가는 모든 것을 뒤쫓아 가고 반대로 자신을 쫓아오는
모든 것에서는 도망치려 하는 야릇한 본능이 있다. - 볼테르

진실이란

 히브리어에서 '진실' 이라는 말은
최초 히브리어 문자와 최후 알파벳 문자 사이의
꼭 중간 문자로 쓰이고 있습니다. 이유는,

유태인에게 있어 진실이란 왼쪽 것도 올바르고,
오른쪽 것도 올바르며, 한 가운데 있는 것도 올바르다는 것을
두루 사람들에게 가르치기 위해서입니다.

지혜

가장 중요한 것은 당신의 모든 일이 진실이라고 믿는데 있다.
당신이 그것을 믿는다면, 당신도 그렇게 될 것이다. - 칼릴 지브란

각기 다른 시각

장님 다섯 사람이 코끼리를 만져 보고 있었습니다.
첫 번째 장님이 코끼리의 배를 만져 보고는 말했습니다.
"코끼리는 바람벽처럼 생겼는데."

두 번째 장님이 코끼리의 코를 만지고서는 말했습니다.
"아닌데, 코끼리는 구렁이같이 생겼는걸."

세 번째 장님이 코끼리의 다리를 안아 보고는 말했습니다.
"코끼리는 나무통처럼 생겼는걸."

네 번째 장님이 코끼리의 귀를 한참 만지작거리더니 말했습니다.
"아니야, 코끼리는 부채처럼 생겼어."

다섯 번째 장님은 코끼리의 꼬리를 만져 보고는 말했습니다.
"코끼리는 밧줄처럼 생겼구나."

> 아집이란 자신만이 모든 문제의 해답을 가지고 있다고 믿는 것이다.
> 아집을 버리는 것은 기꺼이 자신의 마음을 열 준비가 되어 있음을 의미하는 것이다.
> 그것은 두려움과 절망을 뿌리치는 법을 배우는 법이며, 그 두려움과 절망을
> 삶에 대한 적극적인 생각으로 바꾸는 것을 의미한다. - 로빈 노우드

거룩한 것

랍비가 학생들에게 물었습니다.
"거룩한 것은 무엇인가?"
대다수의 학생들은 그것은 하느님을 위해 목숨을 버리는
것이라고 대답했습니다. 소수의 학생 중 어느 학생은 항상
기도하는 것이라고 했고, 몇 명은 각자 다른 의견을 냈습니다.
그러자 랍비가 말했습니다.
"그것은 무엇을 먹을 것인가와 어떻게 성을
행하는 가에 있다."
이 말을 들은 학생들이 떠들기 시작하더니
한 학생이 물었습니다.
"돼지를 먹지 않는다든가, 어떤 때에 섹스를 하지 않는다든가
하는 그런 것이 거룩한 것이란 말입니까?"

랍비가 말한 이유는 이러합니다. 유태인의 계율을 따르는
사람일지라도 자기 집에서 혼자 무엇을 먹는지 다른 사람은
알 수 없습니다. 그러나 다른 사람과 식사할 때는
모든 것을 알 수 있습니다.

그러므로 집에서 식사하고 있을 때와 성적인 행위를
하고 있을 때 사람은 동물이 될 수도 천사가 될 수도 있습니다.
이때 자신의 인격을 높일 수 있는 사람이
진정 거룩한 사람인 것입니다.

혼자 있을 때조차 질서를 잃지 않는 생활이야말로 최상의 생활이다. - 몽테뉴

득보다 실이란

알렉산더 대왕이 여성만이 살고 있는
도시에 나타났습니다. 그리고는 그 도시를
빼앗으려고 했습니다. 그때 한 여자가 나와서
다음과 같이 말을 했습니다.

"만약 대왕께서 우리를 죽이신다면 세계는 당신에게
이렇게 말할 것입니다. '알렉산더 대왕이 여자를 죽였다' 고,
반대로 만약 우리가 대왕을 죽인다면 세계는
또 이렇게 말할 것입니다. '무슨 대왕이 저럴까,
여자에게 죽임을 당하다니' 라고."

인생의 낙을 과욕에서보다 절욕에서 찾아야 한다.
올바른 마음을 가지고 욕심을 제어하면 그 속에절로 낙이 있으며
봉변을 면하게 되리라. 허욕을 버리면 심신이 상쾌해진다. - 예기

자백이 무효인 이유

 유태인의 법에서는 자신에게 불리한 것을 증언하면
무효가 됩니다. 따라서 자백이란
애당초 인정되지 않습니다.

이유는 오랜 경험에 의해서 자백은 고문으로
얻어지는 경우가 많다는 것을 알고 있기 때문입니다.

이스라엘은 지금도 자백은 무효입니다.

자백을 하지 않으려면 자살밖에 없다. 그러나 자살은 자백인 것이다. -D 웨브스타

물레방아

갑과 을, 두 사람이 있었습니다. 갑이 을에게
물레방아를 빌려 주었는데, 빌려주는 조건으로 을이
갑의 곡물을 전부 무료로 갈아주기로 계약을 했습니다.

그러는 동안에 갑은 부자가 되어서 다른 물레방아를 몇 개 더
사게 되었습니다. 그렇게 되자 이제는 자기의 곡식을 찧는데
을에게 부탁할 필요가 없어졌습니다.

그래서 을에게 가서 물었습니다. "이제 물레방아 사용료를
돈으로 주시오."

그러나 을은 여전히 사용료로 갑의 밀가루를
갈아주고 싶었습니다.

이럴 경우 탈무드는 다음과 같이 판결하고 있습니다.

"만약 갑이 사용료를 지불할 능력이 없다면,
계약대로 갑의 가루를 갈아주는 것으로
사용료를 지불하면 됩니다.

그러나 만약 제3자의 가루를 갈아서 갑의 사용료를
지불할 수 있다면 돈으로 지불해야 합니다."

아무리 보잘 것 없는 것이라 하더라도 한번 약속한 일은 상대방이 감탄할 정도로
정확하게 지켜야 한다. 신용과 체면도 중요하지만 약속을 어기면 그만큼 서로의
믿음이 약해진다. 그러므로 약속은 꼭 지켜야 한다. -카네기

잡초

 한 농부가 정원에서 잡초를 뽑고 있었습니다.
허리를 굽히고 잡초를 뽑는 농부의 얼굴에서는
굵은 땀방울이 뚝뚝 떨어졌습니다.
그런 농부의 입에서 푸념의 말이 나왔습니다.
"이 지긋지긋한 잡초만 없다면 정원은 좀더 깨끗해질 텐데,
신은 어째서 이와 같은 잡초를 만드셨을까?"
그러자 이미 뽑혀 마당에 누워있던 잡초가
농부에게 말을 했습니다.
"농부님, 당신은 우리를 지긋지긋한 존재라고 말하고 있지만,
우리도 도움이 되고 있답니다. 우리는 흙 속에 뿌리를
뻗음으로써 흙을 다지고 있습니다.
우리를 뽑은 뒤 흙이 자주 갈라지는 것을 보면 알 수 있습니다.
또 비가 내렸을 때 흙이 떠내려가는 것을
막아주고 있습니다. 쓸모없는 잡초가 당신의 정원을 지켜온
것임을 알아야 합니다. 만약 우리가 없었다면 당신이 꽃을
가꾸려고 해도 비가 흙을 씻어가고, 바람이 불어 흙을 날려
보냈을 것입니다.

농부님, 그러하니 당신의 정원에 꽃이 아름답게 피었을 때
우리의 수고를 기억해 주셨으면 고맙겠습니다."

우리는 자신의 가치를 스스로 인정해야 한다.
다른 사람들이 우리의 가치를 인정해 줄 것으로 믿었다가 그 기대가
어긋나 버리면, 실망할 수밖에 없다. - 앤드류 매튜스

즐겁게 일하기

 어느 도시에 성당을 신축하는 공사가 한창 진행되고
있었습니다. 그 공사장에는 세 명의 청년이 일을 하고
있었습니다. 그 때 그 곳을 지나던 신부님이
한 청년에게 물었습니다.

"당신은 지금 무슨 일을 하고 있습니까?"

청년이 대답 했습니다.

"벽돌로 담을 쌓는 일을 하고 있지요."

신부님은 두 번째 청년에게 똑같은 질문을 했습니다.

두 번째 청년이 대답 했습니다.

"먹고 살기 위해 이런 일을 하지요."

마지막으로 진지한 표정으로 열심히 벽돌을 쌓아 올리고 있는

세 번째 청년에게 같은 질문을 했습니다.

세 번째 청년이 대답 했습니다.

"많은 사람들이 기도를 통해 마음의 행복을 찾을

훌륭한 성당을 만들고 있는 중이지요."

> 어떤 일을 하는 사람이 그 일을 바르게, 더 훌륭하게 하려고 노력할때
> 그 활동은 창조적인 것이 된다. - 존 업다이크

지
혜

| Chapter 4 | 촌철살인
탈무드 명언

사람은 세 가지 이름을 갖는다.
태어났을 때 부모가 지어 준 이름, 친구들이 우정을 담아 부르는 이름,
그리고 생이 끝났을 때 얻어지는 명성이 그것이다. - 탈무드

인간

✚ 인간은 심장 가까이에 유방(乳房)이 있으며, 동물은 심장에서 먼 곳에
  유방이 있다. 이것은 신의 깊은 배려이다.

✚ 반성하는 자가 서 있는 땅은 가장 위대한 랍비가 서 있는 땅보다 더
  가치가 있다.

✚ 세계는 진실 · 법 · 평화의 세 기반 위에 서 있다.

✚ 휴일은 인간에게 주어진 것이지, 인간이 휴일에게 주어진 것은 아니다.

✚ 인간은 사소한 남의 피부병은 걱정해도, 자기의 중병에는 아랑곳하지
  않는다.

✚ 거짓말쟁이에게 주어지는 최대의 벌은, 그가 진실을 말했을 때에도
  사람들이 믿어주지 않는 것이다.

✚ 인간은 20년 걸려서 깨달은 것을 단 2년 안에 잊어버릴 수도 있다.

✚ 사람은 누구나 세 가지 이름을 갖는다. 태어났을 때 부모가 지어 준
  이름, 친구들이 우정을 담아 부르는 이름, 그리고 자기 생이 끝났을 때
  얻어지는 명성이 그것이다.

인생

✤ 인간은 환경에 의해서 명예가 높아지는 것이 아니라, 인간이 그 환경의
명예를 높이는 것이다.

✤ 전 인류는 오직 한 조상으로부터 시작되고 있다. 그러므로 어느 인간이
어느 인간보다도 우수하다는 것은 있을 수 없다.
만약 당신이 한 사람의 인간을 죽였다고 한다면 그것은 전 인류를
죽인 것과 마찬가지다. 반대로 한 사람의 목숨을 구한다면 그것은
전 인류의 목숨을 구한 것과 같다. 왜냐하면, 세계는 한 사람의 인간에
의해서 시작되었고, 그 최초의 인간을 죽였다면 인류는
오늘날 존재할 수 없기 때문이다.

✤ 요령이 좋은 인간과 현명한 인간의 차이-요령이 좋은 인간이란 현명한
인간이었더라면 절대로 모면하기 어려운 상황을 잘 빠져나갈 사람을
말한다.

✤ 어떤 사람은 젊고도 늙었고, 어떤 사람은 늙었어도 젊다.

✤ 자기의 결점에만 마음을 쓰는 사람에게는 남의 결점은 보이지 않는다.

✤ 음식을 갖고 장난치는 사람은 배고픈 자가 아니다.

✤ 수치스러움을 모르는 것과 자부심은 형제지간이다.

✤ 하루를 공부하지 않으면 그것을 만회하는 데 이틀이 걸린다.
  1년을 공부하지 않으면, 그것을 만회하는 데 2년이 걸린다.

✤ 성질이 나쁜 사람은 이웃 사람의 수입에 신경을 쓰고, 자기의 낭비에는
  마음을 쓰지 않는다.

✤ 눈이 보이지 않는 것보다는, 마음이 보이지 않는 것이 더 불행하다.

✤ 만나는 사람 모두에게서 무언가를 배울 수 있는 사람이 세상에서 가장
  현명하다.

✤ 강한 사람이란 스스로 자신을 억제할 수 있는 사람이다.

✤ 강한 사람이란 적을 벗으로 바꿀 수 있는 사람이다.

✤ 풍족한 사람이란 자신이 갖고 있는 것에 만족할 줄 아는 사람이다.

✤ 다른 사람을 칭찬할 수 있는 사람이야말로 명예스런 사람이다.

평가

✦ 유태인들에게는 인간을 평가하는 세 가지 기준이 있다.

1. 키소(지갑을 넣는 주머니)–돈을 어떻게 쓰는가?
2. 코소(술을 마시는 잔)–술 마시는 법은 깨끗한가, 더러운가?
3. 카소(인간의 분노)–인내심이 강한 인간인가, 아닌가?

✦ 인간은 네 가지 유형으로 나누어진다.

1. 일반적인 유형–내 것은 내 것이고, 네 것은 네 것이라는 인간.
2. 별난 유형–내 것은 네 것이고, 네 것은 내 것이라는 인간.
3. 정의감이 강한 유형–내 것은 네 것이고, 네 것도 네 것이라는 인간.
4. 악인의 유형–내 것은 내 것이고, 네 것도 내 것이라는 인간.

✦ 현인(賢人) 앞에 앉아 있는 사람은 세 가지로 나누어진다.

1. 스폰지형–무엇이라도 흡수한다.
2. 터널형–한 귀로 듣고 한 귀로 흘려보낸다.
3. 체형–중요한 것과 그렇지 않은 것을 체로 거르듯 선택한다.

✦ 현인이 되는 일곱 가지 조건

1. 자기보다 현명한 사람이 있을 때는 침묵한다.
2. 상대방의 이야기를 가로채지 않는다.

3. 대답을 할 때는 당황하지 않는다.
4. 항상 적절한 질문을 하고, 조리 있는 대답을 한다.
5. 선후의 순서를 잘 선택하여 처리한다.
6. 자기가 알지 못할 때에는 모른다고 솔직하게 말한다.
7. 진실을 존중한다.

✛ 인간은 세 가지 벗을 가지고 있다.

1. 자식
2. 부(富)
3. 선행

벗

✚ 아내를 고를 때에는 수준을 한 계단 내리고, 벗을 고를 때에는 수준을 한 계단 높여라.

✚ 벗이 화가 나 있을 때에는 달래려고 하지 말라. 그가 슬퍼하고 있을 때에도 위로하지 말라.

✚ 그대의 친구가 그대에게 있어서 벌꿀처럼 달콤하더라도, 그것을 전부 핥아먹어서는 안 된다.

여자

✦ 어떤 남자라도 여자의 야릇한 아름다움에는 버틸 수 없다.

✦ 여자의 질투심은 하나의 원인 밖에 없다.

✦ 여자는 자기의 외모를 가장 소중히 여긴다.

✦ 여자는 남자보다 육감이 예민하다.

✦ 여자는 남자보다 정이 두텁다.

✦ 여자는 불합리한 신앙에 빠지기 쉽다.

✦ 불순한 동기에서 시작된 애정은, 그 동기가 사라지면 바로 죽어 버린다.

✦ 사랑을 하고 있는 사람은 다른 사람의 충고에 귀를 기울일 줄 모른다.

✦ 정열(情熱) 때문에 결혼을 하지만 그 정열은 결혼보다 오래 지속되지
   않는다.

✦ 하나님이 최초로 만든 사람은 양성을 겸하고 있었다.
   그러므로 남자 육체에도 여성 호르몬이 있고, 여성의 육체에도
   남성 호르몬이 있다.

✚ 남자가 여자에게 끌리는 것은 하나님이 남자의 갈비뼈로 여자를
만들었으므로 자기가 잃은 것을 되찾으려는 것이다.

✚ 하나님이 최초의 여자를 남자의 머리로 만들지 않은 이유는,
여자가 남자를 지배하지 않도록 하기 위해서였다. 반대로 발로 만들지
않은 이유는 남자의 노예가 되어서도 안 되기 때문이었다. 갈비뼈로
여자를 만든 것은 언제나 남자의 마음 가까이에 있을 수 있도록 하기
위해서이다.

술

✤ 술이 머리에 들어가면, 비밀이 밖으로 밀려 나온다.

✤ 시중드는 사람이 상냥하면 어떤 술이라도 맛이 좋다.

✤ 악마가 사람을 방문하기에 너무 바쁠 때에는 악마 대신 술을 보낸다.

✤ 포도주가 새 것일 때에는 포도와 같은 맛이 난다. 그러나 오래되면
될수록 맛이 좋아진다. 지혜도 이 포도주와 똑같은 것이다.
해를 거듭할수록 지혜는 연마된다.

✤ 인간이 일생을 헛되이 하려면, 아침 늦게 일어나 낮에는 술을 마시고,
저녁에 쓸데없는 이야기로 소일하면 된다.

✤ 포도주는 금이나 은그릇으로는 잘 양조(釀造)되지 않지만, 지혜로 만든
그릇에서는 매우 잘 양조된다.

✤ 여성이 술을 한 잔 마시는 것은 매우 좋은 일이다. 두 잔 마시면 그녀는
품위를 떨어뜨린다. 석 잔째는 부도덕하게 되고, 넉 잔에서는
자멸(自滅)한다.

돈

+ 사람에게 상처를 입히는 세 가지가 있다. 근심, 말다툼, 텅 빈 지갑이다.
  이 중에서도 가장 크게 상처를 입히는 것은 텅 빈 지갑이다.

+ 돈은 물건을 사고 파는 데 쓰여져야지, 알코올을 위해 쓰여서는 안 된다.

+ 돈은 악이 아니며, 저주도 아니다. 돈은 사람을 축복하는 것이다.

+ 돈은 하나님으로부터의 선물을 살 기회를 제공한다.

+ 돈을 빌려 준 사람에 대해서는, 화가 나도 참아야 한다.

+ 부귀는 요새(要塞)이며, 빈곤은 폐허(廢墟)다.

+ 돈이나 물건은 그냥 주는 것보다 빌려 주는 편이 낫다. 그냥 주게 되면
  받는 사람은 준 사람보다 아래에 있어야 되지만, 빌리고 빌려주는
  사이라면 대등한 입장이된다.

가정

✦ 부부가 진정으로 사랑할 때는 칼날처럼 좁은 침대에서도 함께 잘 수
있지만 서로 미워하기 시작하면 폭이 10미터나 되는 침대일지라도
비좁다.

✦ 세상에서 가장 행복한 사람은 누구인가? 그는 현명한 아내를 가진 남자다.

✦ 남자는 결혼하면 죄가 늘어난다.

✦ 모든 병중에서 마음의 병만큼 괴로운 것은 없다. 모든 악 중에서 악처
(惡妻)만큼 나쁜 것은 없다.

✦ 세상에서 무엇과도 바꿀 수 없는 것 – 젊었을 때 결혼하여 살아온
조강지처다.

✦ 남자의 집은 아내이다.

✦ 아내를 고를 때는 겁쟁이가 돼라.

✦ 여자를 만나보지 않고 결혼해서는 안 된다.

✦ 아이를 키울 때 차별하지 말라.

✦ 자식이 어릴 때는 엄하게 꾸짖고 자란 뒤에는 꾸짖지 말아라.

✤ 어린아이는 엄하게 가르쳐야 하나, 두려워하게 만들어서는 안 된다.

✤ 아이를 꾸짖을 때는 한 번만 따끔하게 꾸짖어라. 반복해서 꾸짖어서는
안 된다.

✤ 어린이는 부모의 말씨를 흉내낸다. 아이의 말씨만으로 그 부모의 성품을
알 수 있다.

✤ 아이와의 약속은 반드시 지켜라. 지키지 않으면 당신은 아이에게
거짓말을 가르치는 것과 같다.

✤ 가정에서의 부도덕한 행동은 과일에 벌레가 들어간 것처럼 알지 못하는
사이에 퍼져나간다.

✤ 아이는 부친을 존경하지 않으면 안 된다.

✤ 아버지의 자리에 아이가 앉아서는 안 된다.

✤ 아버지에게 말대꾸를 해서는 안 된다.

✤ 아버지가 만약 다른 사람과 다투고 있을 때에는 상대방의 편을
들어주어서는 안 된다.

✤ 부친을 존중하고 부친에게 순종하는 것은 아버지가 자녀를 위해 식량을
구하고, 의복을 주기 때문이다.

교육

✦ 향수 가게에 들어가면 향수를 사지 않고 나와도 몸에서 향기가 풍긴다. 가죽 상점에 들어가면 가죽을 사지 않고 나와도 나쁜 냄새가 몸에서 나게 된다.

✦ 칼을 갖고 있는 자는 책을 갖고 설 수 없다. 책을 갖고 서 있는 사람은, 칼을 갖고 설 수 없다.

✦ 자기를 아는 것이 최대의 지혜이다.

✦ 의사의 충고를 따르면, 의사에게 돈을 지불할 필요가 없어진다.

✦ 비싼 진주가 없어지면 그것을 찾기 위해 아무런 값어치도 없는 촛불이 사용된다.

✦ 가난한 집안의 아들을 칭송하라. 인류에게 예지(叡智)를 가져다주는 것은 그들이다.

✦ 기억을 증진시키는 가장 좋은 약은, 감탄하게 만드는 것이다.

✦ 학교가 없는 도시에는 사람이 살지 못한다.

✚ 고양이로부터 겸허함을 배울 수 있으며, 개미로부터 정직함을
　배울 수 있고, 비둘기로부터 정절을 배울 수 있으며, 수탉으로부터는
　재산의 권리를 배울 수 있다.

✚ 이름은 팔리면 곧 잊혀진다.

✚ 지식이 얕으면 곧 잊혀진다.

✚ 아이들을 가르친다는 것은 어떠한 것인가. 그것은 아무 것도 씌어 있지
　않은 백지에 무엇을 그리는 것과 같은 것이다. 노인에게 가르친다는
　것은 어떠한 것일까. 이미 빼곡히 씌어진 종이에서, 여백을 찾아 써
　넣으려고 하는 것과 같다.

악(惡)

✚ 악에 대한 충동은 구리와 같아서, 불 속에 있을 때는 어떤 모양으로도 만들 수 있다.

✚ 만약 인간에게 악의 충동이 없다면, 집도 짓지 않고, 아내도 얻지 않으며, 아이들도 낳지 않고, 일도 하지 않을 것이다.

✚ 만약 당신이 악의 충동에 사로잡힌다면 그것을 내쫓기 위해서 무엇인가를 배우기 시작하라.

✚ 다른 사람들보다 뛰어난 사람은, 악에 대한 충동도 그만큼 강하다.

✚ 세상에 올바른 일만 하는 사람은 있을 수 없다. 반드시 나쁜 일도 하고 있다.

✚ 악의 충동은 처음에는 아주 달콤하다. 그러나 그것이 끝났을 때는 매우 쓰다.

✚ 인간은 열세 살 무렵부터 내면의 악한 충동이 선에 대한 충동보다 점점 강하게 된다.

죄

✚ 죄는 태아(胎兒)였을 때부터 인간의 마음에 싹트기 시작해서,
   인간이 자라남에 따라 강하게 된다.

✚ 죄는 미워하되 사람은 미워하지 말라.

✚ 죄는 처음에는 여자처럼 약하나, 방치해두면 남자처럼 강하게 된다.

✚ 죄는 처음에는 거미집의 줄처럼 가늘다. 그러나 마지막에는 배를 잇는
   밧줄처럼 강하게 된다.

✚ 죄는 처음에는 손님이다. 그러나 그대로 두면, 주인을 쫓아내고 주인이
   된다.

# 중상(中傷)

✚ 남을 헐뜯는 중상은 살인보다도 위험하다. 살인은 한 사람밖에 죽이지
　않지만, 중상은 반드시 세 사람을 죽인다. 즉 중상을 퍼뜨리는 사람
　자신, 그것을 반대하지 않고 듣고 있는 사람, 그리고 중상의 대상이 된
　사람이다.

✚ 남을 헐뜯는 것은 무기를 사용해서 사람을 해치는 것보다 죄가 무겁다.
　무기는 가까이 가지 않으면 상대를 해칠 수 없으나, 중상은 멀리서도
　사람을 해칠 수 있기 때문이다.

✚ 불타고 있는 장작에 물을 뿌리면 심지까지 차갑게 되지만, 중상으로
　화가 나 있는 사람에게는 사죄해도 마음 속 불은 꺼지지 않는다.

✚ 아무리 착한 사람이라도 입버릇이 나쁘다면 훌륭한 궁전 근처에 악취가
　심하게 풍기는 가죽 공장이 있는 것과 같다.

✚ 인간은 입이 하나, 귀가 둘이다. 이것은 말보다 듣는 쪽을 두 배로
　하라는 뜻이다.

✚ 손가락이 자유롭게 움직이는 것은 중상을 듣지 않기 위해서이다.
　중상이 들려오면 얼른 귀를 막아라.

✚ 물고기는 언제나 입으로 낚인다. 인간도 역시 입 때문에 걸려든다.

판사

✦ 판사의 자격은 겸허하고, 언제나 선을 행하며, 무언가 결정을 굳힐
   만큼의 위엄을 가지며, 현재까지의 경력이 깨끗한 사람이어야 한다.

✦ 극형(極刑)을 선고하기 직전의 판사는 자기 목에 칼이 꽂혀지는 것과
   같은 심정이어야 한다.

✦ 판사는 반드시 진실과 평화 두 가지를 추구해야 한다.
   만일 진실을 구하면 평화는 혼란에 빠진다. 그래서 진실도 파괴하지
   않고 평화도 지킬 수 있는 길을 찾아야만 한다. 그것은 타협이다.

동물

✤ 고양이와 쥐도 함께 먹이를 먹는 동안은 다투지 않는다.

✤ 여우의 머리가 되기보다는 사자의 꼬리가 돼라.

✤ 한 마리의 개가 짖기 시작하면, 모든 개가 따라 짖는다.

✤ 동물은 자기와 같은 종류의 동물끼리만 어울린다. 늑대가 양과
  섞일 리 없고, 하이에나도 개와 섞일 수 없다. 부자와 가난뱅이도
  이와 마찬가지다.

처세(處世)

+ 선행에 문을 닫은 자는 다음에는 의사를 위하여 문을 열지 않으면 안 된다.

+ 좋은 항아리를 가지고 있으면, 그 날 안에 사용하라. 내일이면 깨질 지도 모른다.

+ 정직한 자는 자기의 욕망을 조종하지만 정직하지 않은 자는 욕망에 조종된다.

+ 남의 자선으로 살기보다는 가난한 생활을 하는 편이 낫다.

+ 남 앞에서 부끄러워하는 사람과, 자기 자신에게 부끄러워하는 사람 사이에는 큰 차이가 있다.

+ 세상에는 도를 벗어나면 안 되는 것이 여덟 가지 있다. 여행 · 여자 · 부(富) · 일 · 술 · 잠 · 약 · 향료이다.

+ 세상에는 너무 지나치게 안 되는 것이 세 가지 있다. 그것은 빵의 이스트 · 소금 · 망설임이다.

+ 항아리 속에 든 한 개의 동전은 시끄럽게 소리를 내지만, 동전이 가득 찬 항아리는 조용하다.

✦ 전당포는 미망인의 소유물을 받아서는 안 된다.

✦ 명성을 얻으려 달리는 자는 그것을 따라갈 수 없다. 그러나 명성을 피해서 도망가는 자는 명성에 붙잡힌다.

✦ 물건을 훔치지 않은 도둑은 자기를 정직하다고 생각한다.

✦ 결혼의 목적은 기쁨, 장례식 참석자의 목적은 침묵, 강의의 목적은 듣는 것, 사람을 방문할 때의 목적은 빨리 도착하는 것, 가르치는 목적은 집중, 단식의 목적은 그 돈으로 자선을 베푸는 것이다.

✦ 사람의 몸에는 여섯 개의 쓸모 있는 부분이 있다. 그 중에서 세 가지는 스스로 제어할 수 없는 것이고, 세 가지는 인간의 힘으로 지배할 수 있다. 눈·귀·코가 전자의 것이고, 입·손·발이 후자의 것이다.

✦ 당신의 혀에게 '나는 잘 모릅니다.' 라는 말을 열심히 가르쳐라.

✦ 장미꽃은 가시 사이에서 자란다.

✦ 공짜로 처방전을 써 주는 의사의 충고는 듣지 말라.

✦ 항아리의 겉을 보지 말고 그 안에 들어 있는 것을 보라.

✦ 나무는 그 열매에 의해서 평가되고, 사람은 업적으로 평가된다.

✦ 갓 열리기 시작한 오이를 보고 다 자란 뒤의 맛을 속단하지 말라.

✦ 행동은 말보다 목소리가 크다.

✦ 남에게서 칭찬받는 것은 좋으나, 자기 입으로 스스로를 칭찬해서는
안 된다.

✦ 훌륭한 사람이 아랫 사람이 말하는 것을 듣고, 노인이 젊은이가 말하는
것에 귀를 기울이는 사회는 축복받을 것이다.

✦ 노화를 재촉하는 네 가지 원인은 공포 · 분노 · 아이들 · 악처이다.

✦ 사람의 마음을 안정시키는 세 가지는 명곡 · 조용한 풍경 ·
깨끗한 향기이다.

✦ 사람에게 자신을 갖게 해주는 세 가지는 좋은 가정 · 좋은 아내 ·
좋은 의복이다.

✦ 자선을 행하지 않는 인간은 아무리 부자일지라도 맛있는 요리가 즐비한
식탁에 소금이 없는 것과 같다.

✦ 사람의 자선에 대한 태도에는 네 가지 유형이 있다.
  1. 스스로 물건이나 돈을 남에게 주지만, 남이 자기처럼 똑같이 돈이나
     물건을 주는 것을 기뻐하지 않는다.
  2. 남이 자선을 행하는 것을 바라면서 자기는 자선을 베풀려고 하지
     않는다.
  3. 자기도 기꺼이 자선을 하고, 남도 자선을 베풀 것을 바란다.
  4. 자기도 자선을 베풀기를 좋아하지 않고 남이 자선을 베푸는 것도
     좋아하지 않는다.

첫째 유형은 질투가 많고, 둘째 유형은 자기를 낮추고 있으며,
셋째 유형은 착한 사람, 넷째 유형은 완전한 악인이다.

✤ 한 개의 촛불로 많은 촛불에 불을 붙여도, 처음의 빛은 약해지지
않는다.

✤ 하나님이 칭찬하시는 세 가지 일이 있다.
1. 가난한 사람이 물건을 주워 그것을 소유주에게 돌려주는 일이다.
2. 부자가 남몰래 자기 수입의 10%를 가난한 사람에게 주는 일이다.
3. 도시에 살고 있는 독신자로 죄를 범하지 않는 사람.

✤ 세상에 살고 있어도 무용지물인 남자란, 식사를 할 수 있는 내 집을
갖지 못하고, 언제나 여자의 엉덩이에 깔려서 몸의 여기저기가
아프다고 신음하고 있는 남자이다.

✤ 일생에 단 한 번 고기를 실컷 먹고 다음 날에는 굶주리는 것보다는
일생 동안 양파만 먹는 편이 낫다.

✤ 자기를 지키는 것은 다음 세 가지 경우를 빼고 모든 것에 우선한다.
단지 다음 세 가지 경우에는 자기를 버리고, 목숨을 버리는 편이 낫다.
1. 남을 죽일 때.
2. 불륜한 성 관계를 가질 때.
3. 근친상간을 할 때.

✚ 상인이 해서는 안 되는 것이 세 가지 있다.
   1. 과대선전을 하는 것.
   2. 값을 올리기 위해 저장하는 것.
   3. 저울을 속이는 것.

✚ 달콤한 과일에는 그만큼 벌레도 많이 붙고,
   재산이 많으면 걱정도 많으며,
   여자가 많으면 잔소리도 많고,
   하녀가 많으면 그만큼 풍기도 문란해지고,
   남자 하인이 많으면 집의 물건도 많이 도둑맞는다.
   그러나 스승보다 깊이 배우면 인생은 보다 풍부해지고,
   사람과 만나서 유익한 이야기를 들으면 좋은 길이 열리고,
   자선을 많이 베풀면, 보다 빨리 평화가 찾아온다.

✚ 벌거숭이가 되지 말라, 다른 사람이 모두 옷을 입고 있을 때에는.
   옷을 입지 말라, 사람이 모두 벌거숭이일 때는.
   일어서지 말라, 다른 사람이 모두 앉아 있을 때에는.
   앉지 말라, 다른 사람이 모두 서 있을 때에는.
   웃지 말라, 다른 사람이 모두 울고 있을 때에는.
   울지 말라, 다른 사람이 모두 웃고 있을 때에는.

위대한 개츠비

F. Scott Fitzgerald : The Great Gatsby

F. 스콧 피츠제럴드

유혜옥 옮김
박경화 그림

타임지 선정, 20세기 미국 문학의 걸작
미국 현대문학의 거장 '피츠제럴드' 최고의 작품

성공과 사랑의 환상을 좇다가
환멸에 사그라진 남자, 개츠비.
하지만 그의 자본주의적 로맨티즘은 여전히 유효하다.

값 12,000원

어린왕자의 작가가 전해주는 풍부한 상상의 세계와 아름다운 꿈의 나라!

생텍쥐페리 명작선

어린왕자
Le petit prince

야간비행
vol de nuit

생텍쥐페리 지음 | 정다문 엮음

남방우편기
courrier sud

생텍쥐페리가 보낸 9편의 사색엽서가
그대의 삶을 한 번 더 생각하게 해 줄 것이다.
그리고 꿈꾸게 해 줄 것이다.

생텍쥐페리가 보낸 9편의 사색엽서가

그대의 삶을 한 번 더 생각하게 해 줄 것이다.

그리고 꿈꾸게 해 줄 것이다.

값 10,000원